COLLECTION SÉRIE NOIRE
Créée par Marcel Duhamel

Parutions du mois

2362. VENDEURS DE MORT
(DONALD GOINES)

2363. J'ÉPOUSERAI PLUTÔT LA MORT
(FRÉDÉRIC CASTAING)

2364. LA VIE DE MA MÈRE !
(THIERRY JONQUET)

380. FRÉNÉSIE PASTORALE
(HARRY WHITTINGTON)

DONALD GOINES

Vendeurs de mort

TRADUIT DE L'AMÉRICAIN
PAR OLIVIER VOVELLE

nrf

GALLIMARD

Titre original :

DEATHLIST

Pour Alfonso Chambers,
de la part de son père

1

Dès l'aube, les deux inspecteurs s'étaient installés dans leur bureau de la préfecture de police pour attendre le coup de fil. Lorsque la sonnerie du téléphone retentit enfin, ils se levèrent comme un seul homme. Le policier noir atteignit l'appareil le premier, devançant son équipier blanc d'une courte tête, et il cligna de l'œil pour lui signifier que c'était bien l'appel tant attendu.

Ryan, un grand gaillard aux traits taillés à la serpe, regagna son vieux bureau déglingué pour attendre impatiemment la fin de la communication en tambourinant nerveusement sur le plateau de bois marqué par les ans.

Le grand Noir raccrocha enfin et se rua vers la porte.

— Alors, qu'est-ce que tu branles, lança-t-il au passage à son équipier qui se dressa d'un bond, t'as l'intention de coucher là ?

— Va te faire mettre, Benson, espèce d'enfoiré, rétorqua Ryan en se précipitant sur ses talons. La mouche a bien tout balancé ?

L'inspecteur Edward Benson ralentit un peu sa marche, juste assez pour lui montrer la fiche sur laquelle il avait précipitamment noté une adresse.

— Y s'est pas foutu de nous : voilà l'adresse de ces enfoirés.

Les deux hommes suivirent un petit couloir au pas de course, puis ils s'engouffrèrent dans un vaste bureau surpeuplé, écrasé par le ronronnement abrutissant d'un climatiseur flapi, qu'ils traversèrent comme des flèches en saluant leurs collègues au passage.

Deux jeunes policiers assis près de la porte se levèrent à leur approche. Ils n'avaient sûrement pas plus de vingt-cinq ans. Par contre, les poches qui ombraient les yeux de Benson et de Ryan n'étaient pas dues au seul surmenage : ils allaient sur la quarantaine, si toutefois ils ne l'avaient pas dépassée. On avait en eux la vivante anticipation de ce que seraient les deux jeunes gens dix ans plus tard, s'ils consacraient ce temps à la lutte contre le crime : le métier laisserait sa marque dans leurs chairs comme dans celles de leurs aînés.

Les deux jeunes inspecteurs blancs ignorèrent Benson pour s'adresser à son équipier – plus par habitude, du reste, que de propos délibéré :

— On nous a dit de vous attendre là, Inspecteur ; est-ce que vous avez besoin de nous ? demanda le plus grand.

Ryan s'immobilisa et les toisa tous les deux. Leur façon de snober son équipier noir ne lui avait pas échappé.

— Je n'en sais rien, répondit-il sèchement. En fait, c'est à mon chef d'équipe, l'inspecteur Benson, d'en décider, acheva-t-il en désignant le policier noir d'un coup de menton.

Les deux jeunes inspecteurs baissèrent les yeux avec gêne : aucun des deux n'avait envie de demander à Benson l'autorisation de prendre part à l'opération, mais ils se rendaient bien compte que leur participation à l'arrestation de deux assassins ne nuirait sûrement pas à leur avancement.

— Qu'est-ce que tu en dis, Ben ? demanda Ryan pour rompre le silence.

Benson enveloppa les deux jeunes inspecteurs d'un regard glacial.

— C'est toi qui vois, Ryan : t'as besoin, toi, qu'on te tienne la main pour aller arrêter deux branleurs ?

Son haussement d'épaules était assez éloquent : lui du moins n'avait aucune envie de s'embarrasser des deux jeunes policiers.

Ryan savait parfaitement de quoi il retournait : si les gars s'étaient adressés à Benson d'emblée, c'est bien volontiers qu'il les aurait pris avec lui, mais maintenant, il n'en était plus question, c'était écrit sur sa figure. Après tant d'années de collaboration, Ryan connaissait assez son équipier noir pour savoir que sa vive intelligence se doublait d'une susceptibilité acerbée qui lui jouait parfois des tours. Ryan fut sur le point de passer outre en invitant tout de même les jeunes gens à se joindre à eux, mais il se ravisa : à quoi bon froisser le partenaire avec lequel il passait le plus clair de son temps ?

Comme Benson passait la porte, Ryan s'efforça tout de même de limiter les dégâts :

— Écoutez, les gars, c'est pas la peine de vous déranger, dit-il d'un air confus. On va tout de même pas se mettre à quatre pour cueillir ces deux branleurs.

Les deux jeunes gens ne purent cacher leur déception. L'un d'eux ouvrit la bouche pour parler, mais il en resta là. La plupart des collègues n'avaient rien perdu de la scène; ils étaient du reste parfaitement au fait des aspirations des deux jeunes gens. Lorsque Ryan quitta la pièce à son tour, chacun baissa les yeux sur son bureau, peu soucieux de croiser le regard des bleus évincés.

Ryan rejoignit son équipier dans le parking souterrain de la préfecture, où ils avaient laissé leurs prisonniers. Ils firent descendre les hommes menottés des voitures et les escortèrent vers les trois ascenseurs situés au centre du parking pour faciliter le transfert des prisonniers. Deux flics en tenue étaient postés au sous-sol en permanence pour prêter main-forte à leurs collègues en cas de besoin. Le garage était aussi l'endroit idéal pour latter la gueule aux prévenus loin des regards indiscrets, car les flics pouvaient y maltraiter leurs prisonniers menottés avec la dernière brutalité sans avoir à craindre la moindre intervention des deux plantons.

— Tu sais, Ryan, tu pouvais leur dire de venir, fit Benson en tambourinant nerveusement sur le volant.

— Non, Ben, c'est toi qui es dans le vrai, fit Ryan comme la voiture s'engageait sur la rampe de sortie, on a pas besoin d'un bataillon pour serrer ces deux tocards.

Benson savait très bien que Ryan n'en pensait pas un mot, tout comme il savait qu'il avait eu tort de refuser le coup de main proposé par les collègues : n'étaient-ils pas sur le point d'arrêter Billy Good et son complice Jackie Walker, deux hommes qu'on tenait pour de dangereux tueurs professionnels ? Des renforts auraient été tout indiqués. Benson n'ignorait pas que s'il devait arriver quelque chose à Ryan à cause de son mouvement d'humeur, il ne se le pardonnerait jamais. Pourtant, il ne put réprimer une secrète jubilation en prenant le micro de l'émetteur-récepteur pour demander le renfort d'une voiture pie : les jeunes inspecteurs apprendraient immanquablement qu'on leur avait préféré de vulgaires flics en tenue.

Ryan garda les yeux imperturbablement fixés droit devant lui. Ce nouvel affront infligé à dessein aux deux bleus ne lui avait pas échappé. Benson n'était guère aimé à la Crim', et ce coup-là n'allait sûrement pas faire remonter sa cote.

— Tu crois que ces mecs pourraient nous donner du fil à

retordre ? demanda Ryan lorsqu'ils quittèrent la voie rapide pour s'engager dans Clay Avenue.

— Je me pose même pas la question, et je m'en fous, si tu veux savoir, fit Benson avec son sempiternel haussement d'épaules.

Au même instant, des événements qui devaient considérablement modifier les destinées des deux inspecteurs se déroulaient à huit rues de là, à l'adresse où ils se rendaient.

Billy Good était en train de se garer devant l'appartement qu'il partageait avec Jackie. Ce dernier embrassa encore une fois sa copine Carol avant de descendre de voiture. Ils revenaient de la ferme de Kenyatta, où ils avaient passé la semaine. Ils n'avaient pas remis les pieds en ville depuis qu'ils avaient buté Little David, qui dealait pour Kingfisher. C'était Billy qui avait conduit pendant tout le trajet ; il s'étira et caressa la nuque de Joy. La sculpturale beauté noire assise à ses côtés tourna vers lui son visage comblé : elle avait enfin trouvé l'homme de sa vie. Certes, elle n'avait jamais imaginé le prince charmant sous les traits de ce pot à tabac café au lait, mais il avait fait ses preuves : sa présence la sécurisait complètement. Pour elle, c'était nouveau – et c'était bon. Les types qu'elle avait connus jusqu'alors avaient toujours vécu à ses crochets, mais ce coup-ci, elle avait déniché un mec qui se foutait complètement du fric qu'elle pourrait ramener à la maison, car il l'aimait pour elle-même.

Joy n'était jamais venue chez les gars ; elle avait fait la connaissance de Billy à la ferme, où Kenyatta l'avait convié à une fête en son honneur et en celui de Jackie. Elle eut un sourire suffisant en pensant à la première fois que Billy l'avait prise dans ses bras. Quelle nuit ! Ils avaient fait l'amour jusqu'à l'aube ; ensuite, elle n'avait presque pas fermé l'oeil de peur de découvrir à son réveil que ce n'était qu'un beau rêve.

Carol et Jackie descendirent de voiture les premiers; ils attendirent que Billy contourne l'auto pour les rejoindre sur le trottoir. Ils formaient un couple insolite, elle toute menue, lui long comme un jour sans pain.

Billy contourna la voiture, hilare. Les deux couples d'amoureux ne firent pas attention aux Noirs bien mis descendus d'une Cadillac noire garée un peu plus loin qui fondaient sur eux. Ce fut Jackie qui donna enfin l'alarme lorsqu'il vit l'un d'eux ouvrir sa veste pour en tirer une espèce de tube métallique. En un éclair, il se rendit compte que c'était un fusil à canon scié; impuissant, il poussa un cri de panique :

— Fais gaffe, Billy, ils ont des canons sciés !

Joy était tout à l'admiration de la façade de son nouveau logis lorsqu'elle s'effondra, la moitié de la nuque emportée. Eclaboussé du sang de sa bien-aimée, Billy poussa un terrible hurlement de rage et glissa une main fiévreuse sous sa veste. Miraculeusement, la salve qu'il reçut en pleine poitrine ne lui fit pas mordre la poussière; il fut plaqué contre le flanc de la voiture et parvint même à tirer son pétard, mais en vain, car il trépassa aussitôt, l'arme à la main.

Carol déchira l'air de ses cris en voyant la grande carcasse de Jackie culbuter en avant et sa figure s'écraser sur le trottoir. La salve qui lui emporta la moitié du visage coupa court à ses hurlements. Elle était morte avant de toucher le pavé gras.

Des visages noirs curieux apparurent aux fenêtres mais nul ne se risqua à porter secours aux couples canardés. Le sang coulait dru jusque dans le caniveau, et les corps sans vie de quatre jeunes Noirs gisaient dans la fange sinistre de ce quartier de galère.

Une longue Cadillac noire tourna le coin de la rue, remplie de Noirs dont le seul métier était la mort; elle disparut à l'instant même où les inspecteurs Benson et Ryan s'engageaient dans la rue.

Benson écrasa la pédale du frein devant le site du carnage. La voiture de flics appelée en renfort arriva en sens inverse, débouchant de la rue par où les assassins avaient pris la fuite.

Benson examina tour à tour les corps sans vie. Lorsqu'il fut devant la grande carcasse de Jackie, il crut entendre un gémissement, mais devant tant de sang, il pensa qu'il se faisait des idées. Il se pencha pourtant sur Jackie et prit sa tête ensanglantée dans ses bras comme celle d'une bien-aimée.

— On dirait que celui-là est encore de ce monde, lança-t-il à Ryan qui le rejoignait en toute hâte.

Ryan frémit à la vue du carnage. Il en avait vu de toutes les couleurs, mais les cartons au canon scié lui inspiraient toujours la même horreur. Cette fois-ci, c'était encore pire, car c'était la première fois qu'il voyait des femmes liquidées de façon si inhumaine.

— Appelez une ambulance, lança-t-il d'une voix sèche et altérée par l'émotion à un des flics en tenue qui les rejoignaient au pas de course, l'arme à la main.

Se tournant vers le second policier, il vit que le jeune flic noir était en train de gerber son quatre heures, et il fut à deux doigts de suivre son exemple.

— Laisse tomber l'ambulance, fit Benson en se relevant. Dis-lui d'appeler la morgue.

Il s'éloigna sans prendre garde au sang qui maculait son costume bleu tout neuf.

2

Le bureau situé au fond du club de Kenyatta était comble. Ali avait convoqué presque tous les membres importants de l'organisation qui se massaient comme des sardines dans le bureau. Les sympathisants faisaient antichambre dans la salle principale. Le meurtre de Billy et Joy était sur toutes les lèvres, car Jackie et Carol étaient bien moins connus des militants. Les jeunes gens n'arrivaient pas à croire à cette tragédie – ou plutôt, ils ne voulaient pas y croire.

Les hommes parlaient bien haut de représailles ; Kenyatta saurait laver l'affront qui leur était fait. Certes, Billy et Jackie n'étaient pas membres de l'organisation, mais leurs copines y appartenaient toutes les deux. En outre, Joy était apparentée à Betty, la régulière de Kenyatta ; il était clair que les choses ne pouvaient en rester là.

Kenyatta qui faisait les cent pas s'arrêta devant son second au crâne tondu :

— Y a pas à chier, Ali, c'est des représailles, lui dit-il alors même que le mot était sur toutes les lèvres. J'ai beau tourner et retourner tout ça dans ma tête, j'en reviens toujours au même point : c'est cet enculé de sa mère de Kingfisher qui est derrière tout ce merdier. Je te parie mon siège d'orchestre en enfer qu'il a lancé un contrat contre Billy et Jackie à cause de son dealer, Little David, qui s'est fait dégommer.

Betty quitta la chaise de bureau qu'elle occupait au fond de la pièce. La majestueuse beauté noire vint se planter devant son homme :

— Mais chéri, pourquoi est-ce qu'ils ont tué Joy ? Elle était pour rien dans l'exécution de Little David : elle était même pas en ville quand ça s'est fait. (Les larmes se mirent à rouler sur ses joues :) J'arrive pas à m'empêcher de penser que c'est ma faute si Joy s'est fait descendre.

— Arrête, ma gosse, souffla Kenyatta en l'attirant à lui pour la serrer dans ses bras en lui caressant les cheveux. Te mine pas comme ça, dit-il en l'entraînant doucement vers son grand fauteuil de bureau.

— Mais c'est vrai, Ken, poursuivit-elle. Si j'avais pas présenté Joy à Billy, elle serait pas rentrée en ville avec lui, et elle aurait pas été prise dans la fusillade. Sans moi, elle serait encore de ce monde.

— Ça rime à rien, chérie, souffla Kenyatta. Rappelle-toi comment ils sont tombés dans les bras l'un de l'autre ! C'est le destin. Ils sont restés à la ferme après notre départ ; avec ou sans ton aide, tu peux être sûre que ces deux-là se seraient trouvés de toute façon. (Il enchaîna sans lui laisser le temps de répliquer :) À ce compte-là, Betty, c'est moi que tu pourrais rendre responsable de sa mort, parce que rien de tout ça ne serait arrivé si je n'avais pas donné cette fête en leur honneur.

Betty leva ses yeux égarés vers le grand Noir qui était toute sa vie. Plus que jamais, elle avait besoin de la force qui rejaillissait sur elle au contact de l'incroyable vitalité de son amant. Ses doutes et ses remords s'envolèrent d'un seul coup.

— Dit comme ça, ça paraît évident, mais tu vois mon amour, quand je me remets à gamberger dans mon coin, je peux pas m'empêcher de me dire que c'est ma faute si elle est morte.

— Alors arrête de gamberger, voilà tout, énonça Kenyatta comme s'ils avaient été seuls dans la pièce.

En fait, il était las de cette foule, mais il n'était pas question de congédier les militants : il aurait besoin de certains d'entre eux dès l'arrivée des tuyaux qu'il attendait; il s'agissait donc de les supporter jusque-là.

— Écoute ton mec, il a pas tort, renchérit Ali en prenant une cigarette dans le paquet de Kenyatta sur le bureau. Quand on voit un béguin comme ça, on peut se dire que c'était écrit.

Betty considéra les deux hommes. Même sans leur crâne rasé, les deux grands Noirs se seraient ressemblé comme des frères, si ce n'est qu'Ali portait une moustache taillée avec art tandis que Kenyatta portait toute sa moustache et toute sa barbe. Ali était en outre plus petit, bien qu'aucun des deux hommes ne mesurât moins d'un mètre quatre-vingts.

D'un geste de la main, Kenyatta fit taire les conversations particulières, puis il commença :

— Les mecs, et ça vaut aussi pour les quelques copines qui sont là, je vais tous vous demander d'aller attendre à l'étage ou dans la pièce de devant, parce qu'Ali et moi on a un truc à mettre au point. C'est pas qu'on vous fait pas confiance, les frangins : vous savez très bien qu'y a pas de secrets entre nous, mais c'est juste qu'y a trop de peuple. On s'entend plus penser, alors allez tirer la cosse à l'étage, peinards. Je ferai appeler les gars dont j'aurai besoin.

Lorsque presque tout le monde fut sorti, Kenyatta fit

signe de se rasseoir à Betty qui s'apprêtait à suivre le mouvement.

— Tu sais ce que tu pourrais faire, ma gosse? Tu pourrais aller nous chercher quelque chose pour la gorge, on en a bien besoin.

Elle sourit et se leva pour obéir. Les deux hommes suivirent la sortie de la vénus noire avec une attention soutenue. L'épaisse moquette brune étouffait le bruit de ses talons-aiguilles, mais sa minijupe ne laissait rien ignorer de ses somptueuses cuisses noires. Ali ne put s'empêcher de garder les yeux rivés jusqu'au bout sur ses belles miches qui saillaient fièrement à chaque pas, sanglées dans un minuscule chiffon rouge.

Les deux hommes attendirent en silence que la porte se soit refermée sur Betty; tous les autres étaient déjà partis.

— Je dois reconnaître que t'as levé un drôle de canon, concéda Ali avec un petit sifflement.

Indifférent à ce compliment, Kenyatta alla se poster à la fenêtre, au fond du bureau, et il resta un moment silencieux.

— Je suis sûr de ce que je dis, Ali, commença-t-il enfin. Le seul qui puisse être la cause de ce bordel, c'est ce putain de Nègre de Kingfisher. Il me le faut. Je vais me le bouffer. C'est ce pédé qui fait circuler une bonne moitié de la came qui tourne dans le ghetto. La moitié de la merde qui fait crever ces pauvres caves de dopés. (Ali était habitué au style de son camarade; il attendit la suite en silence.) Je te rappelle, reprit Kenyatta d'un ton confidentiel, qu'on était censés braquer la caisse des tickets-restos; c'est même pour ça que Billy est rentré en ville. Je l'avais appelé pour lui dire de ramener ses miches s'il voulait être de la fête. (Il se tut un moment, perdu dans ses pensées, avant de reprendre :) Et c'est là que ces enfoirés de Nègres l'ont dégringolé. Ces bâtards les ont sûrement allumés dès qu'ils ont posé le pied sur le trottoir.

L'impitoyable Kenyatta avait les yeux pleins de larmes. Ali se détourna avec discrétion. Certes, le meurtre de ses amis avait foutu un sale coup à Kenyatta, mais tout de même ! Pour sa part, Ali n'en faisait pas une maladie : deux flingueurs s'étaient fait buter avec leurs grosses – et après ? C'est des trucs qui arrivent, quand on joue dans la cour des grands.

— Sinon, j'ai reçu un coup de fil, dit Kenyatta pour changer de sujet, du cul-blanc qui doit nous bazarder la liste. Il l'a ; on n'a plus qu'à trouver la tune.

Ça aussi, ça le défrisait, Ali : lâcher tout ce pognon pour une liste de deals de dope, ça lui paraissait complètement débile, même si c'était les plus gros poissons de la ville. Dix mille dollars pour un bout de papier avec des noms marqués dessus, ça le dépassait. Des fois, il se disait qu'il aurait bien aimé être lui-même à la tête de l'organisation. Il aurait fait tourner la taule à sa manière. C'était bien joli de faire de beaux discours contre les deals de came, mais ça aurait tout de même été plus juteux de les racketter. Hélas, Kenyatta ne voulait rien savoir : il était sincère, avec ses salades de débarrasser le ghetto de la came ; sinon il n'aurait pas perdu son temps à buter les flics qui persécutaient les frangins. Chaque fois qu'on leur rapportait le cas d'un flic particulièrement salaud avec les Noirs, Kenyatta s'employait à trouver un moyen de lui faire sa fête.

— T'as toujours l'intention de lui lâcher tout ce pognon, Kenyatta ?

— Je vois pas pourquoi j'aurais changé d'avis. (Kenyatta se retourna vers son bras droit.) T'arrives pas à t'y faire, hein ? Tout ce blé pour un bout de papier ! (Il marqua un temps, mais comme Ali ouvrait la bouche, il reprit :) C'est pas dur, pourtant, tu devrais piger ça, Ali : si ça se trouve, rien qu'au premier deal qu'on butera, on ramassera plus de monnaie que ce que je vais lâcher pour la liste. Ce que tu piges pas, c'est que les tantes qu'y aura dessus, c'est rien que des gros ; mais gros comme gros, tu vois, pas des petits deals de quartier, des mecs qui sont dans la came au niveau international ! Les trois quarts, c'est des culs-blancs, mon pote ; imagine un peu le pognon qui doit traîner chez eux !

Les yeux dans les yeux, les deux hommes laissèrent un moment s'affronter leurs volontés contraires. Ce fut finalement Ali qui dut baisser les yeux sur la moquette. La résolution farouche de Kenyatta avait quelque chose d'insoutenable. « Il est secoué », songea-t-il.

— Ouais, bien sûr que c'est branchant, présenté comme ça, reprit-il, mais je crois que c'est pas aussi peinard que tu le dis. Ça doit être pourri de gardes du corps chez des gros bonnets blancs comme ça. Si c'était du gâteau, t'inquiètes pas que quelqu'un se serait déjà servi !

— C'est toujours la même merde avec les Nègres dans ton genre, lâcha Kenyatta d'un ton glacial : pour aller buter un frangin, vous êtes toujours partants, mais dès qu'il s'agit de s'en prendre aux tauliers blancs, vous chiez dans votre froc. (Fusillant Ali du regard, il poursuivit :) Je sais très bien ce que t'as dans le crâne, Ali, oublie surtout pas ça. Tu rêves de faire ta loi ici, mais dis-toi bien que tu tiendrais pas dix minutes : les mecs voudront jamais marcher avec toi. T'as pas encore compris qu'il faut voir grand, c'est pour ça que tu seras toujours un tocard ! Regarde-toi dans la glace, si tu ne crois pas ! poursuivit Kenyatta d'une voix cinglante. Depuis que je t'ai causé de descendre des tauliers blancs pourris de pognon, t'es tout rouge ; et pourtant, c'est pas évident pour un noiraud comme toi !

Pour la deuxième fois en moins de dix minutes, Ali se sentit incapable de croiser le regard de Kenyatta ; mais cette fois, c'était la honte qui lui rivait les yeux sur la moquette.

— C'est pas ça, Kenyatta, t'as rien pigé ! Ce que je veux dire, c'est qu'y faut pas rêver, tu vois ? Les têtes de mort dont tu causes risquent d'être plutôt duraille à approcher. Dans les quartiers où y crèchent, tu vois pas un seul Nègre. C'est pour ça que je dis qu'on a aucune chance de se les farcir.

— Écoute Ali, tous les jours, y a des Nègres qui braquent des banques et dégomment les huiles dans leur burlingue, alors je vois pas pourquoi un Noir pourrait pas se démerder pour buter un taulier blanc bourré de fric sous prétexte qu'il habite dans un quartier où on peut pas faire trois pas sans avoir des embrouilles. L'organisation manque pas de métis très clairs ; c'est à eux qu'y faudra penser quand on voudra faire des cartons dans les quartiers rupins.

Il y eut un léger coup frappé à la porte et Betty entra avec un plateau chargé de verres. Les deux hommes se servirent sans mot dire.

Elle se retournait pour quitter le bureau lorsque Kenyatta l'arrêta :

— Attends, chérie, ça peut t'intéresser, dit-il en ouvrant un tiroir du bureau. J'avais pensé braquer la caisse des tickets-resto le premier du mois, mais vu qu'il est passé, il va falloir se contenter de la recette du week-end. Voilà comment ça se présente, poursuivit-il en déroulant un plan d'architecte sur le bureau. Demain, on envoie des gars se servir.

Ali en resta bouche bée. C'était pour ça que les mecs suivaient Kenyatta : quand il se mêlait de faire quelque chose, il le faisait pas à moitié.

3

Le chauffeur du fourgon blindé cracha un juron en se garant devant la Caisse de Paiement des Tickets-Restaurant de Grand River Avenue. Une grande Noire se tenait devant une voiture au capot relevé. Elle le regarda se garer un peu plus loin avec une extrême attention.

Dès que les deux convoyeurs furent descendus du fourgon, elle rabattit son capot et s'assit au volant sans les quitter des yeux ; les deux guignols armés jusqu'aux dents pénétrèrent dans les locaux de la Caisse.

À l'intérieur, la première impression était celle d'une fourmilière humaine, mais au fur et à mesure que l'œil s'habituait à la pénombre, on se rendait compte que la foule était constituée de gens qui faisaient la queue. Chaque file aboutissait à un guichet. Ceux-ci étaient protégés par des grilles, mais elles s'arrêtaient assez loin du sol pour qu'on puisse passer dessous en rampant.

Il y avait un vigile qui vint à la rencontre des convoyeurs dès leur entrée.

Une petite porte de bois menait derrière les guichets où se tenaient les préposées. Les convoyeurs la franchirent en blaguant avec le vigile noir. Le gérant sortit de son bureau pour les rejoindre.

Ils commencèrent par la cage grillagée la plus éloignée de la porte par laquelle ils étaient entrés : la guichetière dut la déverrouiller de l'intérieur pour laisser entrer les convoyeurs. L'habitacle était agencé comme un bureau miniature équipé d'un comptoir surmontant un petit coffre-fort. Lorsqu'un client achetait des tickets-restaurant, l'argent était disposé dans une enveloppe fermée que la guichetière glissait dans le coffre où elle attendait le passage, deux fois par semaine, des convoyeurs de fonds. Dès qu'il fut entré dans la cage, le gérant glissa une clé dans la serrure du coffre, puis le convoyeur en fit autant avec une autre clé. La porte d'acier s'ouvrit avec un déclic. Le convoyeur fourra rapidement les enveloppes dans le sac de toile que son équipier tenait ouvert. D'un pas précipité, ils passèrent au deuxième guichet pour répéter leur manège, de sorte qu'ils furent bientôt arrivés à la dernière cage.

Il y avait maintenant trois sacs pleins d'argent ; le front du convoyeur porte-clés était baigné de sueur. C'était un grand rougeaud gras du bide qui portait des bijoux tape-à-l'œil et des vêtements criards qui ne lui allaient pas.

— Putain de chaleur ! jura-t-il sans égard pour la pudeur de la guichetière noire qui se tenait à côté de lui.

Le gros gérant blanc grimaça un sourire de connivence : il sentait qu'ils étaient du même monde.

— M'en parlez pas ! J'aimerais bien pouvoir vous payer un canon, dit-il en ressortant du réduit.

Un Noir surgi de nulle part apparut soudain devant eux. Avant que quiconque ait eu le temps de broncher, un deuxième Noir se dressa près du premier. Ils portaient de longs trois-quarts en drap. Devant les services de sécurité tétanisés, les deux hommes ouvrirent leurs manteaux sur des canons sciés qu'ils braquèrent sur eux.

— À quoi vous jouez, les mecs ? rugit le gérant d'un ton furieux.

Ses traits trahissaient la peur, mais la colère gardait le dessus. Il devint rouge comme une pivoine :

— Ça va pas se passer comme ça ! gueula-t-il.

Le convoyeur mastoc préférait l'action aux vaines paroles. Il ne pouvait pas s'offrir le luxe de se faire braquer sans broncher : ce serait un mauvais point dans son dossier, et ça, il n'en était pas question. Depuis vingt ans qu'il était dans le transport de fonds, on ne lui avait pas piqué un centime. Il y avait bien trois jeunes Noirs qui avaient essayé, cinq ans plus tôt, mais ils avaient assuré le coup, avec son équipier : ils avaient descendu deux des gamins et blessé le troisième. Il se rappelait encore la pub que ça lui avait fait dans la presse : pendant quelques jours, il avait connu l'adulation des foules et ses moindres propos avaient été recueillis comme parole d'évangile.

C'est avec ces beaux souvenirs en tête qu'il fit sa connerie : il se jeta de côté pour exécuter le dégainage ultrarapide qu'il avait tant répété devant l'armoire à glace mais ce jour-là, son gros pétard devait rester dans son étui ; un troisième Noir s'avança, leva le canon scié de son fusil et appuya sur la détente à moins de deux mètres de sa cible. Le convoyeur fut presque coupé en deux par la volée de plomb et l'impact le projeta à l'autre bout de la pièce.

Le second convoyeur n'eut pas un meilleur sort : il fit sa tentative presque en même temps que son équipier et le deuxième Noir lui envoya sa ration de plomb en plein visage. Le raisiné gicla jusqu'au plafond ; à la place du nez et des yeux, il n'y avait plus qu'un trou béant.

Ça aurait dû suffire. Hélas, panique ou désir subit de jouer les héros, le vigile noir tenta de tirer son arme et alla rejoindre les autres au tapis, les mains crispées sur ses tripes qui s'échappaient par un gros trou dans son abdomen.

Commençant peut-être à piger ce qui l'attendait, le gérant

se mit à reculer en se répandant en supplications à chaque pas :

— Prenez le pognon ! Prenez tout, mais me faites pas de mal ! Regardez, brailla-t-il en étirant les bras bien haut au-dessus de sa tête, regardez, je suis pas armé, vous avez rien à craindre, les mecs !

Pendant ce temps, un des braqueurs qui s'était détaché du groupe pour gagner le fond de la pièce revint d'un pas précipité :

— Y faut une clé pour sortir, gueula-t-il.

Dans la partie publique de l'établissement, des cris d'effroi s'élevaient de la foule principalement composée de Noirs. Le braqueur armé d'un canon scié qui les empêchait de franchir la porte de sortie commençait à avoir du fil à retordre avec les femmes en pleine crise de nerfs.

— Reculez, leur gueulait-il sans cesse, mais le bruit des détonations les avait rendues folles de terreur et elles ne cessaient de se pousser mutuellement vers la porte.

Comme il n'avait aucune envie de descendre des innocents, le braqueur en prit son parti :

— Bon, brailla-t-il, cassez-vous, puisque c'est comme ça !

Ce fut la ruée. Les femmes se précipitèrent au-dehors en se bousculant sauvagement devant la porte. Toutes n'eurent pas la chance d'atteindre le trottoir. Les plus âgées furent jetées à terre et piétinées par une vague de femmes terrorisées. L'une d'elles fut poussée de côté et culbuta par-dessus une des tablettes disposées le long des fenêtres pour empêcher que le public ne s'en approche. D'autres la suivirent, et tout un groupe se trouva bientôt comprimé contre les vitres. Un nouveau coup de feu mit un comble à la panique ; les malheureux collés à la fenêtre ne purent résister à une dernière poussée et traversèrent les vitres dans un concert de hurlements.

— Y nous faut la clé de la porte de derrière, gueula un des braqueurs au manager.

— La voilà, la voilà, glapit l'homme en la décrochant fébrilement de son porte-clés pour la leur lancer.

Un des braqueurs attrapa la clé au vol et courut à la porte. Un autre ramassa les sacs de fric et le suivit au pas de course. Indécis, le troisième braqueur tint le gérant en joue jusqu'à ce que le quatrième l'eût rejoint.

— Surveille-le deux secondes, lui ordonna-t-il avant de détaler vers le fond de la pièce.

Le dernier braqueur, celui qui avait tenu la foule en respect, baissa les yeux sur les cadavres qui s'entassaient sur le sol.

— Merde ! lâcha-t-il en levant son arme sur le gérant qui lut sa mort dans ses yeux noirs :

— Pitié ! Pitié, j'ai une femme et des m…

La détonation du canon scié fut en partie couverte par les hurlements des préposées pelotonnées au fond de leurs cages, rendues folles de terreur par la mort qui les entourait de toutes parts.

Un explosion de douleur déchira la poitrine du gérant. La force de l'impact le fit chanceler, mais il resta sur ses pieds. Seules les ténèbres qui se refermaient sur lui l'empêchèrent de hurler sa douleur comme une femme. Le mur constellé de sang le soutint un moment, mais ses jambes bientôt privées de leurs dernières forces plièrent sous lui, et il se recroquevilla sur le plancher.

Comme son meurtrier prenait la fuite sur les talons de ses camarades, les guichetières sortirent de leurs cages et se sauvèrent : elles avaient peur que les braqueurs ne reviennent.

Avant que l'homme ne fût arrivé à la porte de derrière, il fut arrêté par un de ses acolytes qui lui demanda vivement :

— Qu'est-ce que t'as fait du gérant ?

— Je l'ai buté, répondit-il sans détour.

— Bon, alors amène-toi. C'est ouvert, reprit l'autre en faisant volte-face pour lui montrer le chemin, mais le flingueur qui avait maintenant la peur au ventre, le dépassa en courant à toutes jambes.

— Mange-toi le cul, Red ; il est en plomb, ou y a de la colle en dessous ? lança-t-il par-dessus son épaule. Ça va être pourri de flics, par ici, dans deux minutes.

Le dénommé Red ne répondit pas, se contentant de régler son allure sur celle de son camarade sans le lâcher d'une semelle. Ils furent bientôt dans la ruelle où la voiture que les convoyeurs avaient vue en rade devant la Caisse les attendait.

Au volant, Betty rongeait son frein ; elle emballa le moteur dès que le dernier des braqueurs fut sorti, et démarra sans attendre qu'ils aient claqué leurs portières. Ils taillèrent la fuite dans un silence seulement rompu par les graviers projetés sur le châssis de la voiture lancée à fond de train.

La venelle débouchait dans une deuxième ruelle où il fallait prendre à gauche pour s'engager dans une belle ligne droite déserte. Betty leva un peu le pied. Comme ils venaient de dépasser l'arrière-boutique d'un garage, deux petits gars en sortirent pour déposer quatre poubelles au milieu de la ruelle. D'éventuels poursuivants devraient descendre de voiture pour dégager le passage.

Betty sourit toute seule en les voyant s'éloigner dans le rétroviseur. Kenyatta pensait vraiment à tout, songea-t-elle en ralentissant encore un peu sa course. Le coup des poubelles l'avait rassurée. Lorsque les premiers coups de feu avaient éclaté à l'intérieur, il lui avait fallu toute sa volonté pour résister à une irrépressible envie de fuir. Ils s'étaient forcément fait gauler, avait-elle songé ; comment expliquer les coups de feu autrement ?

Elle s'arrêta au bout de la ruelle et regarda à gauche et à droite avant de se glisser dans la circulation. Au carrefour suivant, ils croisèrent une voiture de flics qui roulait à tombeau ouvert vers Grand River Avenue. Betty lui céda respectueusement le passage.

— Qu'est-ce qu'y-z-ont à bourrer comme ça? lança quelqu'un de la banquette arrière.

En brisant le silence, la blague contribua à faire retomber la tension. Tous les occupants de la voiture éclatèrent de rire.

— Sacré Eddie-Bee, fit Red en se tenant les côtes, y trouvera encore moyen de blaguer quand on sera au boulevard des allongés.

Le métis élancé qui répondait au nom d'Eddie-Bee accepta l'hommage avec un fin sourire. Il aimait bien amuser la galerie; faire le clown était une de ses grandes joies dans l'existence.

— Comment ça s'est passé? demanda Betty d'une voix contenue en se tournant vers Red qui était assis à côté d'elle à l'avant. Tu te doutes que je me suis posé des questions en entendant toutes ces saloperies de coups de feu; je donnerais cher pour savoir ce qu'y a eu!

— Tu m'étonnes, y avait de quoi s'angoisser! rétorqua Red. (Il se tourna sur son siège :) C'est Zeke qui a ouvert le bal. Un de ces tocards de convoyeurs a voulu sortir son pétard, alors Zeke l'a envoyé bouffer les pissenlits par la racine.

Le grand métis aux membres déliés se trémoussa nerveusement sur le coin de banquette qu'il occupait près de la fenêtre :

— Écoute frangin, commença-t-il gravement, je m'en fous que Betty soit au parfum, parce qu'elle était avec nous sur le coup, mais sinon, faudra pas aller chanter partout qui a buté qui, pigé? Je sais bien que j'ai pas à me biler vu qu'on a fait un carton chacun, mais une fois rentrés au club, ce sera pas la peine d'entrer dans les détails, d'accord ?

— Il a pas tort, fit le pot à tabac qui était assis entre Eddie-Bee et Zeke. Il y a eu trop de sang versé pour qu'on revienne là-dessus. Ces trucs-là, faut mettre son mouchoir par-dessus.

— Tu parles, Charles, lâcha Red d'un ton placide; t'inquiète, tout le monde est réglo au club, mais c'est pas une raison pour l'ouvrir devant eux. J'irais même plus loin : faudra même pas dire qu'on était sur le coup : rien que ça, y a déjà de quoi se retrouver au placard jusqu'à la fin de ses jours.

Chacun se rallia à ce point de vue.

Robert, le type qui avait dépassé Red avec tant de précipitation, émit un ricanement :

— Ma parole, Red, tu te traînais tellement que j'ai bien cru que t'avais envie de te faire gauler. Y paraît qu'on finit par y prendre goût, au placard, quand on reste à l'ombre aussi longtemps que toi ! On dit que les mecs se sentent paumés, une fois dehors !

Red rigola de bon cœur avec les autres avant de rétorquer :

— Tu chambres, mais d'un autre côté, faire la course jusqu'à la lourde comme des cons, moi j'aurais trouvé ça un peu nul, rétorqua-t-il ; le coup de me griller comme t'as fait aussi, d'ailleurs ! (Robert voulut répliquer, mais Red poursuivit :) Kenyatta m'a demandé d'assurer le coup, alors j'allais pas saloper le boulot. Je te rappelle tout de même que je suis revenu exprès pour te chercher !

Robert embrassa l'assistance d'un coup d'œil mortifié avant de retrouver son aplomb :

— D'accord, mais de ton côté, oublie pas que c'est toi qui m'as planté là en me disant de surveiller ce gros banquier pourri !

— Putain, t'es con ou quoi, ça voulait dire balance-lui deux-trois bastos dans le cul ! Je peux pas les saquer, les culs-blancs, quand ils ont ce genre de gueules d'enfoirés ; rien qu'à voir leurs tronches, déjà, tu reconnais les sangsues qui se font du gras sur notre dos !

— Çui-là, en tout cas, y risque plus de faire sa loi ; y a pas de tauliers en enfer !

Betty s'engagea dans une rue transversale.

— J'espère que vous avez bien mis le fric et les flingues dans les cabas, dit-elle en se garant auprès d'une petite voiture.

Au volant, une femme qui avait absolument l'air d'une Blanche surveillait la rue avec anxiété.

— Salut Arlène, lui lança Betty en se garant à côté d'elle tandis que Red sautait de voiture pour prendre les clés qu'Arlène lui tendait.

Il alla ouvrir le coffre arrière et y déposa les cabas, puis il décrocha la clé du coffre du porte-clés avant de le restituer à la femme.

— À plus, mon chou, modula Betty en redémarrant. Dans le rétroviseur, elle suivit des yeux la voiture d'Arlène qui s'ébranlait à son tour.

— Une bonne chose de faite, commenta-t-elle. Même si elle croise des flics, ils lui foutront la paix parce qu'ils la prendront pour une Blanche.

— Ouais, c'est bien vu, renchérit Zeke, surtout que nous, on est peinards, maintenant qu'on a plus ni le pognon ni l'artillerie.

— Ça s'arrose, conclut Robert.

Au croisement suivant, une voiture de flics les dépassa en roulant au pas ; le conducteur les mata un peu, mais il se désintéressa des occupants de la voiture dès qu'il eût remarqué que c'était une femme qui était au volant.

— Tu m'étonnes que ça s'arrose, lâcha Red, provoquant un éclat de rire de soulagement.

On pouvait souffler ; plus aucun risque de se faire gauler. Ça baignait.

4

Les auteurs du braquage étaient réunis dans les six pièces meublées avec goût de l'élégant appartement qui occupait tout l'étage du club de Kenyatta. Celui-ci recompta une troisième fois le butin et le répartit en six petites liasses après en avoir soustrait quinze mille dollars, de sorte que chacun des complices reçut deux mille dollars. Nul ne songea à contester ce partage.

— Moi, en tout cas, énonça Kenyatta sans détour, je suis pas fâché d'en avoir vu le bout, de cette galère. (Il consulta les visages épanouis de l'assistance d'un coup d'œil circulaire.) Et je suis pas le seul, on dirait?

Red éclusa son whisky cul sec avant de prendre la parole; ils avaient passé la matinée à arroser dignement leurs prouesses.

— On est pas sortis de l'auberge, au contraire, lâcha-t-il d'un ton morose. Moi, ce que j'aimerais, ce serait carrément d'en avoir fini une bonne fois avec tout ça : les braquages, je peux pas m'y faire. C'est pour ça que c'est si moche que Billy et Jackie soient plus là; eux, ils prenaient leur pied, dans ces plans-là.

Kenyatta le considéra longuement avant de répondre :

— Tu peux pas savoir à quel point t'es dans le vrai, Red;

figure-toi que ce casse, c'était son idée fixe, à Billy. Il m'a gonflé presque toute une année pour qu'on se la fasse, cette taule.

Tout en parlant, Kenyatta remarqua que Betty tanguait légèrement en traversant le salon, un verre à la main. Il fut un peu surpris de la voir ainsi tituber : c'était la première fois qu'il la voyait ivre. Elle se laissa tomber sur ses genoux et leva vers lui ses yeux splendides; il ne put s'empêcher de noter qu'ils étaient injectés de sang. Il savait parfaitement qu'elle en avait pris plein la gueule depuis quelque temps, et il ne l'avait mise dans le coup de la caisse des tickets-resto que pour l'empêcher de ruminer sans cesse la mort de sa tante Joy. Comment aurait-il pu prévoir que le braquage allait dégénérer en bain de sang ?

— Ça va ma poule, tu t'amuses bien? lui souffla-t-il de ce qu'elle appelait sa « voix d'amoureux », tout en serrant étroitement sa taille fine.

Le visage de Betty s'épanouit en un sourire radieux qui fit luire ses dents de perle.

— Comme si tu le savais pas ! J'aurais jamais cru que Johnny Walker était un si bon copain.

Red se leva en chancelant :

— Bon, y faut que je taille la route, fit-il en ramassant sa part. J'ai rencart avec une bonne affaire.

Il s'apprêtait à pousser la chansonnette, mais Kenyatta l'interrompit :

— Et si tu laissais une partie de ton pognon ici, Red ? T'as pas besoin de tout ce fric pour aller traîner les rues.

Vacillant d'avant en arrière, Red parut sur le point de convenir de la pertinence de la proposition de Kenyatta, mais ce fut finalement la voix de la bouteille qui prit le dessus :

— Dis-donc, mecton, qu'est-ce tu me fais ? Chuis pas un gamin ! Chuis assez grand pour me défendre, figure-toi.

Cette saloperie leur fait vraiment péter les plombs, médita Kenyatta, glacial, en regardant l'homme qui tenait à peine sur ses jambes.

— Chuis assez grand pour me défendre, radota Red qui plongea sa main sous sa veste et tira son pétard. Tu vois, Ken, quand je descends dans la rue, chuis pas assez con pour m'embarquer sans biscuits. J'aimerais bien qu'un connard essaie de me dépouiller, histoire de rigoler.

D'un grand geste vague, il braquait l'arme sur le couple.

Kenyatta grinça des dents. Il ne savait que trop ce qui lui restait à faire. Il n'était pas question de chercher à raisonner le pochard. Kenyatta savait d'expérience que Red était la dernière des têtes de cochon dès qu'il se mettait à picoler. Chercher à le convaincre de poser son flingue aurait été une perte de temps inutile.

Kenyatta détestait le rôle auquel l'acculaient les circonstances, et il s'efforça de faire le vide dans son esprit. Il avait bien des scrupules à balayer : de quel droit, après tout, se mêlait-il de faire la loi ? Red l'avait bien gagné, ce pognon ; il pouvait aller le claquer comme ça lui chantait ! Il va finir par buter quelqu'un, se répondit aussitôt le révolutionnaire. Il s'agissait donc de désarmer l'ivrogne.

Kenyatta s'extirpa de son siège en relevant Betty.

— Allez, viens, frangin, fit-il d'un ton cordial, je te raccompagne à la porte. J'ai un truc à te dire.

Red rengaina son arme avec un sourire d'idiot. Le direct, très court mais d'une force terrible, fondit sur lui comme un piston. S'il avait été un peu moins bourré, il l'aurait esquivé sans peine. Même plein comme un œuf, il eut tout de même le réflexe larvé de s'écarter, car Kenyatta avait fait subir à tous ses hommes un entraînement d'une extrême rigueur. Le pain le cueillit à la mâchoire et il s'effondra sur le sol, complètement dans le cirage.

— J'en étais sûr, lança Charles de son siège. Je me doutais bien que tu le laisserais pas sortir dans cet état.

— C'est pas de gaieté de cœur, crois-moi, mais on a trop à perdre pour le laisser courir comme ça. Bourré comme il est, va savoir ce qu'il irait raconter s'il se faisait alpaguer par les condés. On va le garder au frais jusqu'à ce qu'il soit dessoûlé, ça vaudra mieux.

Kenyatta s'interrompit pour désarmer le pochard effondré à ses pieds.

— Merde alors, t'es secoué, bredouilla Betty dont la raison s'était tue pour laisser parler la bouteille, qu'est-ce qu'il t'a fait, ce pauvre Red, pour que tu l'arranges comme ça ? (Elle embrassa l'assistance d'un regard furibond :) Tous ces putains de Nègres peuvent bien s'écraser devant toi parce qu'ils pètent de trouille, mais compte pas sur moi pour en faire autant !

— Putain, Kenyatta, fit Zeke qui sirotait sagement un petit verre de vin rouge sur le canapé, on dirait qu'y va falloir remettre ça.

— Mais ouais, c'est ça, grinça-t-elle en contournant la table d'un pas chancelant pour toiser Zeke bien en face. Butez-moi, tant que vous y êtes, bande de brutes ! Ce serait encore le mieux, pas vrai ? De toute façon, j'en sais trop, alors autant me descendre ! Vas-y, balance-le, ton pruneau, rugit-elle en désignant son front.

Ses paroles jetèrent un froid glacial sur l'assemblée. Ils étaient tous bien trop mouillés dans l'affaire pour s'offrir le luxe de laisser des bavards dans la nature. Tous les yeux se braquèrent sur Kenyatta pour voir comment il réagissait à l'attitude de sa compagne.

Il leva une main en signe d'apaisement :

— Je sais ce que vous vous dites, les poteaux, mais laissez tomber : c'est la première fois que vous la voyez bourrée, et je vous donne ma parole que ce sera la dernière, fit-il sans se rendre compte qu'il leur faisait un serment qu'il ne pourrait tenir.

— Te bile pas, frangin, on sait ce que c'est, lança Robert. C'est vrai, j'avais encore jamais vu Betty bourrée, ni même éméchée, alors pour moi, ça fait pas un pli que c'est la boisse qui la fait déjanter, point final, conclut-il avec une sincérité dictée par l'affection qu'il portait à la grande Noire.

— Techniquement parlant, commença Eddie-Bee qui en avait déjà un assez bon coup dans la gueule pour adopter les tournures recherchées qui marquaient un stade caractéristique de toutes ses soûlographies, je dirais qu'on a tous bien appuyé sur le carafon, mais c'est tout de même le but du jeu, non ? Je croyais qu'on devait arroser le coup ! Cassez-vous donc pas la tête : faut bien s'éclater de temps en temps ! (Il s'interrompit pour boire un bon coup dans sa tasse en carton avant de reprendre :) Je vais appeler les copines qui poireautent en bas. Faut se la donner un peu, quoi, merde ! On est sur terre pour rigoler, pas vrai les poteaux ? (Il embrassa ses camarades d'un coup d'œil circulaire avant de s'adresser directement à Betty :) Je suis de tout cœur avec toi, ma grande ! On commence à se faire suer ici.

Il voulut se détourner comme un orateur à la fin de sa tirade, mais il ne parvint qu'à renverser sa tasse de whisky sur l'épaisse moquette brune.

Sa prestation fut accueillie par un éclat de rire quasi général, mais Betty fut secouée par un sanglot lorsque Kenyatta l'attira contre lui. Elle commença par pleurer doucement, puis les hoquets se succédèrent, de plus en plus violents. Kenyatta embrassa l'assistance d'un regard gêné, puis il la prit dans ses bras et la porta dans sa chambre. Là, il la dévora de baisers et la serra violemment contre lui tout en lui caressant doucement le dos, comme pour calmer une pouliche emballée.

Il la sentit peu à peu se détendre ; sa bouche s'anima sous la sienne, elle lui rendit ses baisers fougueux, et il n'y eut bientôt plus entre eux que le brasier de la passion. Il la dévêtit doucement et la prit ; ils firent l'amour longuement, tendrement, et les pleurs d'angoisse cédèrent la place aux soupirs de la passion.

5

Par-dessus ses lunettes à monture d'écaille, le commissaire Davidson jaugea les deux inspecteurs qui se tenaient devant lui. Le policier râblé savait bien que si tout le monde à la Crim'se cassait les dents sur cette affaire, les deux hommes n'y étaient pour rien. Au contraire, eux seuls avaient été à deux doigts de réussir l'arrestation des coupables. Il n'en devait pas moins leur passer le même savon qu'aux autres membres de la brigade.

— Nom de Dieu, Ryan, Benson, mais qu'est-ce que vous foutez ? Vous vous branlez à longueur de journée, ou quoi ? (Il marqua un temps avant de poursuivre d'une voix tonitruante :) d'accord, je peux pas compter sur ces taches de stagiaires qu'on me fout sur les bras, mais vous deux, tout de même ? Merde alors ! rugit-il d'une voix qui résonna dans tous les locaux de la brigade.

Ryan trépigna nerveusement. Il ne supportait pas les engueulades, ça lui tapait sur le système.

Quant à Benson, il était trop occupé à contenir le sourire qui lui montait aux lèvres. Il savait bien dans quel état ce genre de scènes mettait Ryan. C'est pour ça qu'il ne supportait pas d'aller au rapport : les gueulantes du chef lui mettaient la tête à l'envers et il disjonctait complètement.

Sans doute Davidson sentit-il qu'il en faisait un peu trop, car il baissa d'un ton :

— Écoutez les gars, dit-il, changeant son fusil d'épaule, mettez-vous un peu à ma place : j'ai le préfet sur le cul, des flics qui se font dégringoler à tous les coins de rue, et maintenant voilà deux types descendus de sang-froid avec leurs poules en plein jour, et pas un seul témoin ! J'arrive pas à y croire ; non, sans déconner. Je veux dire, on est plus au temps d'Al Capone ! On fait plus des coups pareils sans se faire gauler. Alors qu'est-ce qui cloche ? Et venez pas me dire que les gens ont la trouille. Je vous ai donné carte blanche, je vous ai laissé le choix de vos horaires, alors il faudrait voir à vous exciter un peu. (D'un geste de la main, il fit taire Ryan qui voulait bredouiller une excuse.) Ouais, je sais, vous êtes prêts à gratter à l'œil. Bien sûr, c'est sympa, mais je veux pas de ça, justement. Trop facile ! Toutes vos heures travaillées seront payées, j'y veillerai, mais y a intérêt que les contribuables en aient pour leur pognon. (Il poursuivit en élevant la voix sans leur laisser en placer une :) Eh ouais, les mecs, y blague pas, le taulier ! Je me mouille, moi, pour vos petites gueules, et j'aime autant vous dire qu'y en a plus d'un qui aimerait me voir boire le bouillon pour de bon. Mais y a un truc que vous feriez mieux de pas oublier, c'est que si je plonge, je m'arrangerai pour pas être le seul à partir dans la charrette. C'est clair ?

Les deux inspecteurs hochèrent la tête comme un seul homme, plus soulagés de voir la conversation toucher à sa fin qu'inquiétés par les menaces de leur supérieur. Si Davidson devait se mettre à faire le ménage dans la brigade, la liste était longue des inspecteurs qu'on renverrait avant eux à leurs chères études. C'était eux qui traitaient l'affaire depuis le début, et aucune équipe n'était plus avancée que la leur dans l'enquête sur la vague de crimes.

— Ah, Benson, Ryan, encore une chose, ajouta Davidson comme les deux inspecteurs gagnaient la porte avec une certaine précipitation : la prochaine fois que je vous confie deux stagiaires, vous me ferez le plaisir de les emmener avec vous. Bon Dieu, comment voulez-vous que ces petits gars apprennent le boulot s'ils bossent jamais avec les vieux chevaux de retour dans votre genre ?

— Je suis seul à blâmer sur ce point, Commissaire, intervint aussitôt Benson.

— Je veux pas le savoir, rétorqua le commissaire avec un grand geste de la main, mais ne me refaites pas le même coup. C'est pas en se prélassant sur la banquette d'une voiture de ronde que ces gars-là apprendront quelque chose.

Dans sa hâte de se soustraire aux débordements verbaux du commissaire, c'est presque en courant que Ryan passa la porte du bureau. En traversant la salle des inspecteurs, Benson remarqua les deux bleus assis à un bureau, un sourire sardonique aux lèvres. À n'en pas douter, ils avaient entendu au moins une partie de la tirade du commissaire. Les jeunes gens détournèrent les yeux lorsque Benson les toisa, mais assez lentement toutefois pour le laisser lire la lueur de triomphe qui y brillait.

— 'culé de ta mère, souffla Benson en se jurant que ces deux gus pourraient toujours se gratter pour qu'il les prenne avec lui.

— Eh Ryan, lança un inspecteur rougeaud sur leur passage, je serais toi, je vérifierais qu'on a pas déménagé mon burlingue !

Tous les flics présents éclatèrent de rire. Ça les ravissait de voir un collègue dans le colimateur, car ils se félicitaient de ne pas être à sa place. Ce n'était pas un titre de gloire d'être convoqué dans le bureau du commissaire : le plus souvent, il s'agissait de se faire mettre les points sur les i sur une nouvelle affaire – ou de se faire carrément remonter les bretelles.

Benson toisa les inspecteurs blancs d'un air de défi. Pas besoin d'avoir fait Normale pour comprendre qu'ils se régalaient à l'idée qu'il s'était fait passer un savon, mais il y avait eu un maximum de gens tués dans les dernières semaines, et si Ryan et lui piétinaient sur ces meurtres, les autres inspecteurs n'étaient pas plus avancés qu'eux, bien au contraire.

— On va faire un tour, fit Ryan d'un ton sec, sans même attendre la réponse de son équipier.

Il gagna l'ascenseur d'un pas décidé et le fit descendre au parking.

Les deux hommes s'efforçaient en silence de comprendre quelque chose à la vague d'assassinats qui s'était abattue sur la ville. Ryan avait pris le volant; il emprunta la voie rapide jusqu'à la sortie «Clay Street» et s'engagea dans Oakland Avenue. Il se gara derrière un camion de déménagement et tira un bout de papier de sa poche.

— Kenyatta, dit-il, rompant le silence. Je sais pas s'il est pour quelque chose dans ce merdier, mais les quelques pistes dont on dispose mènent toutes à lui.

D'un coup de menton, Benson désigna une devanture un peu plus loin dans la rue.

— En tout cas, voilà son club à la mords-moi le nœud, à cet enfoiré. Tu parles d'une galère, rien que pour trouver quelqu'un qui ait le cran de nous dire où c'était ! Rien que ça, ça en dit long sur la puissance des forces occultes qui agissent dans le ghetto. Quand les gens se mettent à craindre quelqu'un à ce point, c'est qu'il est grand temps qu'on y fourre notre nez.

Ryan acquiesça :

— J'arrive pas à piger comment ce mec a réussi à s'implanter en ville sans qu'on puisse avoir le moindre tuyau sur lui. C'est comme s'il était descendu d'une soucoupe volante. Personne, mais alors personne, ne veut l'ouvrir sur lui et ses gars.

Tandis que les deux inspecteurs surveillaient l'entrée du club, une petite Ford noire vint se garer devant. L'auto penchait du côté du conducteur, et les deux hommes comprirent pourquoi lorsque celui-ci descendit : c'était une véritable montagne de chair. Le Blanc obèse contourna pesamment la voiture, une serviette de cuir brun à la main. Sur le trottoir, il consulta un bout de papier.

Les trois Noirs qui battaient la semelle devant le club le toisèrent sans aménité lorsqu'il se fraya un passage entre eux. Il haletait comme s'il venait de courir le cent mètres-haies.

— Je donnerais cher pour savoir qui c'est, commenta Benson d'une voix sourde.

Ryan haussa les épaules :

— Si ça se trouve, c'est tout bonnement le bon vieux courtier en assurances du quartier, dit-il – mais tout en parlant, il relevait le numéro du tacot.

Tout en regardant son équipier noter l'immatriculation, Benson ne put s'empêcher de penser à ce qu'il aurait dit si l'obèse avait été un Noir. Sans doute lui aurait-il proposé de l'alpaguer à sa sortie du club et de le secouer un peu pour lui tirer les vers du nez. Dégoûté, Benson se dit qu'il pourrait bien faire la même suggestion : après tout, si ça pouvait marcher avec un Noir, pourquoi pas avec un Blanc ? Mais il n'était pas né de la dernière pluie : si le Blanc s'avérait être un homme d'affaires en pleine activité de vol légal dans le quartier noir, comme l'avait suggéré Ryan, et qu'ils essayaient de le mettre à table, le vautour patenté n'aurait qu'à appeler la préfecture et porter plainte pour interpellation et fouille abusives, et ça chaufferait pour leur matricule. Il leur faudrait fournir une excuse valable pour le désagrément causé à un escroc patenté. Benson ne put réprimer un ricanement plein d'amertume : combien de Noirs étaient interpellés chaque jour et fouillés en pleine rue, parfois même en compagnie de leur femme, pour la simple et bonne raison qu'ils étaient Noirs ? Les flics qui les arrêtaient se figuraient que tous les Noirs avaient quelque chose à se reprocher, de sorte qu'ils se sentaient en droit d'interpeller et de fouiller tous ceux qui leur tombaient sous la main. Mais s'il s'agissait d'un Blanc, ce n'était pas la même chanson ; Bon Dieu non, gémit-il.

— Qu'est-ce que t'as ? s'enquit Ryan en dévisageant son équipier avec insistance. Une idée lumineuse ?

L'espace d'un instant, Benson se demanda s'il convenait de faire part à Ryan de ses considérations d'humour noir.

— Tu tiens vraiment à le savoir? demanda-t-il enfin d'un ton méfiant, pour poursuivre aussitôt : je me demandais : à quoi bon se crever le cul à relever le numéro de la caisse et appeler le fichier des cartes grises, alors qu'à tous les coups, ça va être une voiture louée sous un faux nom ? Pour venir à bout de toute cette merde, on pourrait peut-être le choper à la sortie et le secouer un peu comme n'importe quel Nègre. Je veux dire, on a le coup de main, avec tous les Noirs qu'on emmerde à longueur de journée !

Benson dévisagea son équipier qui piqua un fard et se gratta le menton d'un air gêné avant de répondre :

— Dis-donc, t'as les nerfs aujourd'hui, on dirait ? sans cesser de retourner en tous sens la question délicate soulevée par Benson.

J'aurais mieux fait de la boucler, songea-t-il, la curiosité est un vilain défaut. Les galères que pourrait entraîner la tactique prônée par son équipier lui apparurent en un éclair. S'il y avait une chose qu'il voulait à tout prix éviter, au moins dans l'immédiat, c'était une nouvelle convocation dans le bureau du commissaire. Il y avait une sorte d'accord tacite dans la police au sujet des hommes d'affaires blancs : il ne fallait pas les embêter quand leurs affaires les appelaient dans les quartiers noirs. Un camé blanc, d'accord : c'était une merde, un zéro. Mais un honnête contribuable, c'était une autre paire de manches.

— Te bile pas, Ryan, fit Benson qui lisait à livre ouvert dans les traits de son équipier, je te fais marcher. Moi non plus je veux pas d'emmerdes.

Pendant un moment, Ryan fut incapable de croiser le regard de son équipier.

— Tu me fous trop les boules, Ben, fit-il. Écoute, si tu veux, on se le chope tout de même. Le seul truc, c'est que s'il y a des suites, va falloir se creuser la tête pour s'expliquer. Je l'entends déjà, le commissaire : qu'est-ce qui vous a pris d'aller emmerder un Blanc ! Toute la ville sait que les flingueurs étaient noirs, alors quel rapport avec cet honnête courtier blanc ? (Benson n'avait pas besoin qu'on lui fasse un dessin.) En plus, Ben, poursuivit Ryan, faut bien te rendre compte que ce serait encore plus malsain pour toi que pour moi : je serais bien obligé de dire que c'est toi qui as eu l'idée, et pourtant tu sais que c'est pas trop mon genre de vouloir te faire porter le chapeau, mais c'est pour dire. Et tu sais très bien comment ils vont nous la jouer : qu'est-ce qui vous prend de faire chier les honnêtes gens, avec tous les voyous qui traînent les rues ?

Benson commençait à trouver l'atmosphère de la voiture irrespirable, mais il était bien obligé de convenir que son équipier était dans le vrai. Les chefs ne pigeraient jamais. Qu'est-ce qu'un Blanc, un monsieur bien mis, pouvait bien vouloir à Kenyatta sinon lui vendre du vent, un bout de papier qui aurait perdu toute valeur à la fin du mois ? Ils n'étaient pas du même monde. Celui où évoluait Kenyatta était exclusivement noir. À la réflexion, Benson se rappela même que les quelques bribes d'information qu'il avait pu glaner sur Kenyatta le présentaient comme un militant, ennemi de toute compromission avec les Blancs. En passant en revue tous les éléments dont il disposait, l'inspecteur noir conclut que le gros Blanc était presque à coup sûr le proprio qui venait réclamer le loyer.

— Tu sais Ryan, cette affaire finit par me taper sur la tête ; je vois des voyous partout. C'est sûrement le proprio qui passe prendre le loyer, dit-il avec un rire amer. Et si tu veux mon avis, ça doit pas être de la tarte de faire cracher la tune aux zonards du quartier. Ouais, y doit en baver, le pauvre vieux, ou alors je connais pas les frangins.

Ryan ne se laissa pas abuser par son persiflage : Benson était froissé de s'être ouvert à lui. Il avait sérieusement envisagé d'entreprendre l'homme d'affaires obèse.

— Écoute Ben, dit-il, fais un peu confiance à ton instinct. Tu n'as qu'un mot à dire et on l'alpague ni vu ni connu.

— T'es un mec bien, Ryan, lâcha pesamment Benson. C'est un vrai bonheur de bosser avec toi ; mais à bien y réfléchir, je me dis que je me suis planté. Je vois vraiment pas ce qu'il pourrait y avoir de pas net entre ce mec et Kenyatta. Vu qu'il peut pas encaisser les Blancs, il risque pas de monter des magouilles avec eux. Laissons tomber pour ce coup-ci ; mais on va tout de même appeler le fichier des cartes grises.

6

Les gars quittèrent le bureau de Kenyatta en traînant les pieds : ils auraient bien voulu rester pour savoir ce qui pouvait bien amener le gros Blanc. C'était bien la première fois qu'on voyait Kenyatta manifester la moindre considération à un Blanc. À l'entrée de celui-ci, le leader noir s'était levé, et il avait traversé toute la pièce pour lui donner l'accolade comme à un vieux pote de régiment. Après avoir tout fait pour le mettre à l'aise, Kenyatta s'était mis en devoir de se débarrasser de tous les frangins pour rester seul avec lui.

— Alors, Angelo, commença-t-il, j'espère que tu ne viens pas les mains vides ?

Angelo gratta son énorme panse. La vue de tous ces jeunes Noirs exaltés l'avait mis mal à l'aise. Il n'ignorait pas que c'étaient tous des fidèles de Kenyatta, et que ce dernier se faisait l'apôtre d'une guerre à mort contre l'oppresseur blanc. D'un autre côté, jusqu'à présent, on lui avait plutôt déroulé le tapis rouge.

Il choisit de répondre à Kenyatta par une autre question :

— Et toi, t'as les gravures ? Tu sais, les portraits de présidents ; je fais la collec !

Là-dessus, Angelo posa les coudes sur le bureau pour regarder Kenyatta droit dans les yeux, mais il eut tôt fait de comprendre qu'il était mal barré. Il se détourna et voulut jouer les gros pontes pour donner le change :

— Tu sais que j'ai pas l'habitude de me déranger pour des clous, Kenny, fit-il, l'œil dans le vague ; comme ça fait six mois que tu me gonfles pour avoir ce tuyau, je fais l'effort de me déplacer, mais attention : moi, y me faut mon pognon.

Kenyatta foudroya du regard le gros tas qui pétait de trouille en face de lui et se leva d'un bloc :

— Écoute, tocard, vociféra-t-il, tu te pointes ici, moi j'essaie de te traiter comme un homme, et ça te suffit pas ! Faudrait encore que je te cire les pompes parce que t'as bien voulu te déranger, comme tu dis. Eh bien figure-toi que c'est pas le genre de la maison. Si t'es là, c'est parce que c'est le seul endroit au monde où tu peux tirer quelque chose de ton tuyau, et tu le sais parfaitement, espèce de tête de mort ; surtout au prix que je comptais t'en donner.

Angelo prit une profonde inspiration et souffla lentement, comme si son angoisse eût pu s'envoler avec l'air expiré. Dans la dernière phrase de Kenyatta, l'imparfait ne lui avait pas échappé. L'air du bureau lui parut tout à coup irrespirable. Il devint rouge comme une tomate et tira sur son col. Les ombres portées de la suspension arrondissaient les murs du bureau qui semblait se refermer sur lui comme un piège. Il vit en un éclair l'armée de ses créanciers courant à ses trousses, tous munis d'une arme différente.

— Attends voir, mon gars, commença-t-il avant même de se rendre compte qu'il avait encore tout faux.

C'était ça la merde quand on voulait faire affaire avec ces connards de Nègres : pas moyen de l'ouvrir sans froisser leur putain de susceptibilité.

— Y a un petit changement de programme, Angelo, voilà tout, reprit Kenyatta d'une voix douce qui soulignait son triomphe mieux qu'un grand éclat. On a plus à te lâcher tout le fric que tu nous as demandé, pour la bonne raison qu'on a déjà trouvé la moitié des noms tout seuls. Maintenant, comme t'as été une bonne balance et qu'on sait que t'es dans la merde, on est prêts à te lâcher cinq mille dollars pour ta peine. C'est déjà pas mal pour une sale mouche dans ton genre, noire ou blanche, tu crois pas ?

Ça ne plaisait guère à Angelo de se faire traiter de sale mouche, mais ce qui le désolait le plus, c'était de dire adieu aux dix mille dollars sur lesquels il avait compté. D'un autre côté, cinq bâtons, c'était toujours mieux que rien, d'autant qu'il ne voyait vraiment pas à quoi ces tuyaux pourraient servir à ces farfelus de Nègres. Même s'ils les refilaient aux flics, ceux-ci n'y trouveraient rien de nouveau : il y avait belle lurette que les huiles des Stups connaissaient les gros bonnets qui inondaient la ville d'un flot ininterrompu de came, mais ils ne pouvaient – ou ne voulaient – rien faire contre eux. Qu'est-ce qu'une bande de biffins noirs du ghetto pourrait faire de plus ?

Il tira une enveloppe de sa poche d'un geste rageur.

— Tiens, cracha-t-il.

Il la balança sur le bureau en priant pour que le Noir ne se ravise pas une fois de plus. Il lui fallait ces cinq bâtons à tout prix. S'il ne trouvait pas un peu de monnaie tout de suite, il était mort. Il calculait déjà les remboursements partiels qu'il pourrait envisager. En le voyant lâcher de la tune, ses créanciers comprendraient qu'il faisait de son mieux, qu'il n'essayait pas de les endormir. Oui, les cinq bâtons pourraient suffire à tenir les gros bras à distance – au moins pour un temps.

Kenyatta garda les yeux rivés sur l'enveloppe comme s'il avait vu une mygale traverser le bureau. Ça ne lui avait pas plu qu'Angelo la balance devant lui au lieu de la lui donner normalement, d'homme à homme. En un éclair, il se vit en train d'étrangler l'obèse. C'était une vision plutôt réjouissante. Il se plaisait à imaginer les soubresauts désespérés du gros tas. L'idée de sa gueule congestionnée virant au bleu lui arracha même un sourire.

Angelo rongeait son frein ; il alluma fébrilement un gros cigare.

— Putain, mais qu'est-ce qui tourne pas rond, Kenyatta ? Je veux dire, y a jamais eu de lézard entre nous, alors qu'est-ce que tu me fais comme embrouille ? Je t'apporte ce que tu m'as demandé et tu me sors que le prix a changé ! Qu'est-ce que tu dirais si je te ressortais le même plan le prochain coup que tu me fais une grosse commande de pétards ?

Pas besoin d'être Madame Soleil pour voir qu'il avait tapé juste : Kenyatta avait sans cesse besoin de pétards vierges, inconnus des services de police. Il ne pouvait s'offrir le luxe de griller son plan. Sentant qu'il avait mis dans le mille, Angelo enfonça le clou :

— Écoute, Kenyatta, ça fait plus de deux ans qu'on fait du biz tous les deux sans la moindre embrouille, et d'un seul coup tu me fais un mauvais plan ! D'accord, cent sacs, c'était un peu cher, mais c'est pas une raison pour me traîner dans la merde, mon gars.

Encore « mon gars ! » ; Kenyatta bondit de son siège en grinçant des dents et contourna le bureau à grands pas :

— Écoute bien, mec, parce que je te le dirai pas deux fois : les culs-blancs qui nous appellent « mon gars », y a des Nègres dans mon genre avec qui ça passe pas. Si ça se trouve, tu dis ça comme ça, mais les têtes de mort qui m'appellent « mon gars », moi ça me fout les nerfs sévère. Remets ça encore un coup et je te nique la gueule, flingues ou pas flingues ! Pigé, ma grosse ?

Le grand Noir n'avait cessé d'agiter un doigt menaçant sous le nez d'Angelo pendant toute sa tirade. Les yeux levés vers son interlocuteur, bouche bée, celui-ci se jura que s'il s'en sortait vivant ce coup-ci, jamais plus il ne viendrait trainer ses lattes dans le ghetto, et qu'il ferait chaud le jour où il traiterait directement avec cet allumé. Oh, bien sûr, il continuerait à leur vendre des pétards, trop content de leur fournir le moyen de s'entretuer. À force de luttes fratricides, peut-être finiraient-ils par faire place nette, et les Blancs pourraient reprendre pied dans tous ces quartiers pourris de Nègres.

— Te fâche pas, Kenyatta, c'est juste que j'arrive pas à me coller ton nom dans la tête, alors comme ça, en causant, c'est « mon gars » qui me vient. Mais t'en fais pas, je ferai gaffe.

Kenyatta foudroya l'obèse du regard.

— Je m'en fais pas une miette. T'es prévenu, c'est tout.

Il lui tourna le dos et retourna s'installer à son bureau. Cette fois, il daigna prendre l'enveloppe. Il l'ouvrit d'un geste vif et parcourut la liste avant de lever les yeux sur Angelo :

— Qu'est-ce que c'est que ce pipeau, Angelo ? Comme grossiste des quartiers Est, Ouest, Sud et Nord, t'as marqué Kingfisher. T'essaie de me faire gober que c'est un Noir qui a la haute main sur tout le marché de la came du centre-ville ?

Angelo l'arrêta d'un geste de la main, et il parvint à ne pas l'appeler « mon gars » au prix d'un effort surhumain.

— J'y peux rien, c'est comme ça. Moi aussi, ça m'a scié, sur le moment. J'aurais jamais cru qu'un Nègre puisse peser si lourd. (Il se figea en prononçant cette phrase, mais poursuivit en voyant que son interlocuteur ne bronchait pas :) Et pourtant, c'est vrai. C'est Kingfisher le grand taulier. Y a pas un seul deal blanc qui peut faire du biz dans le ghetto sans son feu vert. Voilà comment il a magouillé, l'enfoiré : y a pas moyen de monter un gros plan de came s'il a pas une main dedans. Pour le moment, comme y a pas beaucoup de demande en banlieue (aux États-Unis, lieu de résidence de la classe moyenne, n. d. t.), les gros bonnets sont bien obligés de passer par lui. C'est pas que ça leur plaise, évidemment, mais ils ont pas le choix : y a pas un seul deal noir qui soit aussi gros que Kingfisher. Il ouvre l'oeil. Dès que les gros bonnets blancs essaient de mettre en place un autre Noir, il lui arrive tout de suite une grosse tuile, et ça leur fait perdre du pognon; alors ils préfèrent passer par Kingfisher.

L'expression qui se peignit sur les traits de Kenyatta aurait foutu les foies à n'importe qui, et Angelo n'était pas plus hardi qu'un autre. Le doute avait fait place à une fureur destructrice sur le visage du leader noir, et Angelo en venait à craindre que le seul fait de prononcer encore une fois le nom de Kingfisher mît le feu aux poudres.

— Bon, fit-il, si ça ne t'ennuie pas, j'aimerais bien conclure notre petite transaction, parce qu'il faut que j'aille superviser une livraison de pétards. La grosse commande que tu m'as faite, c'est toujours valable, à propos ? s'enquit-il pour changer de sujet.

Kenyatta repoussa à grand-peine la vague de rage meurtrière qui l'avait un instant submergé, balayant toute idée de son esprit, hormis celle d'une vengeance sanglante et immédiate. Il fallait pourtant se reprendre : aucun de ses projets grandioses ne verrait le jour sans la livraison d'armes qu'Angelo venait d'évoquer si judicieusement.

— Ouais, ouais, je t'oublie pas, Angelo. Change pas de main, j'arrive, dit-il en tirant une enveloppe de sa poche.

Il l'ouvrit sans hâte et se mit en devoir de compter l'argent. Angelo comptait en même temps que lui sans fausse honte.

— Et si tu me faisais tout de suite une petite avance sur les pétards, Ken ? Comme ça, tes gars auraient pas besoin de trimbaler trop de pognon quand y viendront prendre le matos, suggéra-t-il sans quitter de ses yeux avides la grosse liasse qui restait encore dans l'enveloppe.

— Ma parole, mais t'es vraiment à la gorge, mon pauvre Angelo, s'esclaffa Kenyatta. Une supposition qu'on fasse comme tu dis et qu'y ait un os à la réception : j'aurais ni le pognon ni les flingues. Non, là, vraiment, tu rêves. Je veux pas être doublement de la baise. Ça me ferait déjà mal que les flics fassent une descente quand les gars viendront prendre le matos, mais si je devais être refait de mon pognon par-dessus le marché, je crois bien que je m'en remettrais pas.

Le grand Noir se leva pour signifier son congé au gros homme. Contournant son bureau, il le prit par le bras et le guida vers la porte.

— Tu vois, je suis une vraie mère pour toi, Angelo ; je vais même te raccompagner à ta voiture pour pas que tu risques de te faire taxer les trois sous que tu viens de ramasser. C'est pas que je me méfie, remarque, mais je voudrais pas que tu m'appelles dans une heure pour me pipeauter que tu t'es fait dépouiller en sortant, conclut-il en éclatant d'un rire énorme.

Les deux hommes ne prêtèrent aucune attention aux Noirs qui se tenaient dans la salle du club. Deux gars se tenaient à la fenêtre ; lorsque Kenyatta posa la main sur la poignée de la porte, l'un d'eux l'interpella :

— Fais gaffe, frangin ! Y a deux flics en civil en planque dans une bagnole. Ils sont là depuis que l'autre gros tas s'est pointé. En premier, on a cru que c'était des mecs à lui, mais on a vérifié : c'est les deux inspecteurs de la Crim' dont on a entendu causer. Tu sais, le Blanc et le Noir qui bossent toujours ensemble.

Kenyatta s'immobilisa sur le seuil, indécis.

— Tu dis qu'ils matent la boutique ? demanda-t-il, gambergeant à cent à l'heure.

— Nan, répondit le grand Noir osseux qui répondait au

nom de Jug. Ils ont plutôt l'air de s'intéresser à la caisse du gros.

Angelo le considérait sans mot dire. C'est dingue, ces gens-là se ressemblent tous, songea-t-il. S'il se rasait la boule à zéro, il ressemblerait à Kenyatta comme un frère jumeau.

Il n'avait pas tort, en un sens. Ils avaient à peu près la même taille ; membres élancés, épaules athlétiques, ventre plat : c'étaient tous les deux des hommes faits pour la vitesse et pour l'action.

— Merde, Kenyatta, je t'avais bien dit que t'aurais dû passer le prendre, ton truc. Maintenant les flics m'ont vu ici. Putain, ça fait des lustres que j'ai rien eu à faire avec eux. J'ai vraiment pas besoin de ça, crois-moi ! À la fois, je peux tout de même pas moisir ici toute la journée.

L'obèse ne saurait décidément jamais prendre Kenyatta dans le sens du poil. Maintenant, même avec les flics à la porte, Kenyatta n'avait plus qu'une idée en tête : se débarrasser de ce gros tas. Il regarda par-dessus son épaule et claqua des doigts.

— Betty ! appela-t-il, furieux. Ma chérie, tu vas raccompagner ce cul-blanc jusqu'à sa caisse en te serrant contre lui ; faut que t'aies l'air d'un tapin qui vient de faire un miché, tu vois le genre ? Les flics sont dehors, alors essaie de faire vrai.

Elle lui jeta un coup d'oeil ébahi :

— D'accord, chéri, tout ce que tu veux.

C'était la seule solution, mais elle ne ravissait pas Kenyatta, comme chacun put s'en rendre compte ; il se détourna lorsque sa poule prit le bras d'Angelo et sortit avec lui.

Kenyatta regagna son bureau à grands pas et claqua la porte, la mâchoire endolorie à force de serrer les dents. Il ne voulait voir personne. C'était la première fois qu'il se servait de sa compagne pour une telle mascarade. Il l'aurait plus volontiers tuée que de la jeter dans les bras de ce sale Blanc gras du bide, fût-ce pour un instant.

Betty entraîna le gros au-dehors, passa comme elle put son bras autour de sa taille adipeuse et le serra étroitement contre elle. L'ayant reniflé, elle s'efforça de retenir sa respiration : l'odeur de l'obèse lui soulevait le coeur. Impossible de dissimuler son dégoût : elle dut s'écarter un peu, sans cesser pourtant de le tenir par la taille, mais la répugnance qu'il lui inspirait sautait aux yeux.

Angelo ne se rendit pourtant compte de rien, trop occupé à penser aux flics planqués dans la rue. Lorsqu'il eut laborieusement sorti ses clés de sa poche, il voulut en donner pour leur argent à ses spectateurs embusqués : réunissant en cul-de-poule ses lèvres d'un rose écœurant, il tenta d'embrasser Betty, mais la belle Noire n'était pas partante : pas question de se laisser embrasser même sur la joue. Elle se dégagea vivement.

— Pas la peine d'en rajouter, siffla-t-elle d'une voix glaciale sans cesser de grimacer un sourire qui contrastait avec la dureté de son regard noir.

Paradoxalement, pour les deux flics en planque dans leur bagnole, la scène était criante de vérité.

— Eh ben merde, aboya Benson. Presque une matinée de foutue à attendre cet enfoiré, et pendant ce temps il s'en payait une tranche avec une des putes à Kenyatta !

— On dirait, ma parole ! renchérit Ryan. Il est venu pour le loyer, et cette pouf l'a réglé en nature !

Les deux hommes regardèrent le gros les dépasser à petite vitesse. Il avait l'air d'essuyer une trace de rouge à lèvres avec son mouchoir.

— Et maintenant, qu'est-ce qu'on fait ? demanda Ryan d'un ton méditatif.

Quelque chose le chiffonnait, mais il n'arrivait pas à mettre le doigt dessus.

— Je sais pas, répondit Benson. On ferait peut-être mieux de rentrer. Je crois que je vais piquer un roupillon. On brûle, je le sens ; quelque chose va forcément se décoincer.

— C'est sûr ; on a la solution sous le nez, et on la voit pas. Rien de tel qu'un bon somme pour vous remettre les yeux en face des trous. Tu peux me déposer chez moi ?

Benson acquiesça :

— Je repasserai te prendre dans la soirée ; vers dix heures, ça te va ?

Les deux hommes n'échangèrent plus un mot jusqu'à Carpenter Street, où Benson déposa son équipier.

— Y a un truc qui nous a échappé, Ben, déclara Ryan en secouant la tête. Je sais pas quoi, mais je sens qu'on est passés à côté de quelque chose.

— Ça se peut, répondit Benson. Va te coucher, ça va peut-être te revenir, conclut-il avec un sourire sarcastique.

Il passa la première et s'éloigna du trottoir. Lui aussi, il avait l'impression que quelque chose ne tournait pas rond. Enfin, il percuta d'un seul coup : Kenyatta était un militant noir. Pour rien au monde il n'aurait jeté une frangine dans les bras d'un cul-blanc, même s'il avait été à la gorge ; du reste elles s'y seraient refusées, car ç'aurait été aller à l'encontre du sens même de leur action politique contre la domination blanche. Il ne pouvait donc s'agir que d'une grossière mise en scène destinée à endormir deux ringards de flics planqués dans leur bagnole. Benson freina à mort et fit un demi-tour au beau milieu de la rue. Pas question de laisser courir, c'était trop important. Ryan avait le numéro d'immatriculation du gros Blanc, et il le lui fallait à tout prix. Ce n'était pas encore cet après-midi – là que les inspecteurs s'offriraient la sieste de leurs rêves. Arrivé devant chez Ryan,

Benson donna un coup de klaxon ; son équipier sortit presque aussitôt du pavillon fraîchement repeint en blanc.

Ryan avait sans doute senti le coup, car il descendit les marches quatre à quatre et monta en voiture sans poser de questions. Benson l'affranchit en peu de mots.

— J'en étais sûr, explosa-t-il après avoir écouté son équipier en hochant la tête. C'était là, sous notre nez, et on a pas percuté. En tout cas, on a assez perdu de temps. Allons à la préfecture. Ce gros lard a intérêt à avoir le nez propre, parce qu'on va se pencher sur son cas.

7

Kenyatta se sentit gagné par une jubilation irrépressible en relisant la liste noire. Enfin, on allait faire de grandes choses ! Cinquante bâtons, c'était cadeau, pour un tel trésor. Du reste, l'argent n'avait guère d'importance à ses yeux : ce n'était qu'un moyen d'obtenir ce à quoi il aspirait pour lui et les siens. Ils allaient enfin pouvoir frapper à la tête le trafic de drogue qui empoisonnait le ghetto au lieu de s'attaquer aux petits deals minables qui faisaient du bizness pour se payer leur came.

Il embrassa l'appartement d'un coup d'oeil circulaire. Il avait battu le rappel, et ses troupes commençaient à arriver.

De gros rires montaient de la salle du club. Tous sentaient qu'on s'approchait de l'heure de vérité. Les révoltés étaient joyeux et survoltés ; Kenyatta avait décrété une assemblée générale au ranch, et chacun s'affairait aux derniers préparatifs du départ dans un joyeux brouhaha qui résonnait aux quatre coins du club. L'atmosphère était à la chaude camaraderie, et chacun aurait voulu déjà être à la campagne. Quelques membres étaient partis en éclaireurs pour tout préparer à la ferme.

Assise sur l'accoudoir du profond fauteuil où Kenyatta était installé, Betty gratifiait tout le monde de son sourire radieux.

— Eddie-Bee, appela Kenyatta d'une voix forte; dis-donc Eddie-Bee, je croyais que tu devais déposer le break chez Johnnie pour qu'il règle le starter?

— C'est fait, mon pote, c'est fait, mais je me suis dit que c'était pas une raison pour que je reste le cul collé jusqu'à ce qu'ils aient fini, surtout qu'il y avait aussi le pot de la Buick à changer. Je lui ai dit qu'il nous fallait les deux caisses dès que possible; ce sera prêt dans une demi-heure.

Kenyatta gratifia Eddie-Bee de son sourire le plus débonnaire :

— Eh ouais, mon vieil Eddie, c'est ça qui me botte chez les frangins de l'organisation : c'est pas des branleurs. Vous êtes tous entraînés. Vous êtes solidaires, et fin prêts à en découdre avec l'homme blanc, alors que les frangins qui zonent dans la rue sont encore aveuglés par ses mensonges. (Le ton de Kenyatta se fit magistral :) Votre entraînement a fait de vous de véritables machines à tuer; malheur à qui tenterait de vous manipuler à ses propres fins!

Tous se turent pour écouter leur chef. Ils savaient qu'il avait raison : hommes et femmes, ils étaient tous passés maîtres dans l'art de tuer. Il n'y avait pas dans la maison une seule personne qui n'eût exécuté un Blanc – ou même un Noir – sans la moindre hésitation, si Kenyatta l'avait ordonné.

Même l'altière beauté noire assise auprès de lui n'aurait pas reculé devant le meurtre d'une femme, voire même d'un enfant, si les circonstances l'avaient imposé. Kenyatta leur avait fait suivre un entraînement si poussé qu'ils n'attachaient plus aucune notion de culpabilité aux actes de violence même les plus barbares, car ils y voyaient l'application de la justice – de la justice des Noirs, la seule qu'ils reconnussent, car les tribunaux leur montraient chaque jour que la justice des Blancs n'est qu'une mascarade, aussi douce aux puissants qu'elle est impitoyable pour les humbles.

— Red est parti à la ferme, poursuivit Kenyatta ; l'assistance était suspendue à ses lèvres. Je l'ai envoyé là-bas avec sa poule et un autre couple. Ils ont emporté presque toute l'artillerie ; comme ça, on pourra circuler sans arrière-pensées. C'est pas une certitude, mais il se pourrait que les flics aient mis le club sous surveillance. Quand je dis que c'est pas sûr, c'est que je vois pas pourquoi ils se crèveraient le cul : on est blancs comme neige ! (La saillie déclencha les rires de l'assistance ; lentement, en orateur consommé, Kenyatta leva la main pour réclamer le silence.) C'est pas encore le moment d'entrer dans les détails, mais je peux déjà vous dire que nous avons ce que nous attendions : la liste de quelques-uns des plus gros tauliers blancs de la ville. Je veux parler des ordures qui vivent comme des princes à Grose Point City parce qu'ils dealent de la came dans le centre. Évidemment, vous vous doutez bien qu'ils se font pas chier à venir eux-mêmes faire leur sale bizness dans la rue ; c'est pas la peine, vu qu'ils ont un larbin qui s'occupe de tout : un bon Nègre, comme ils disent. Il s'appelle Kingfisher. Mais quand on aura niqué la gueule à celui-là, ils auront du mal à se trouver un autre rapporte-paquets !

Il y eut une grande rumeur, comme lorsque le vent souffle en tempête sur la mer. La tempête faisait rage dans le petit appartement ; elle s'était levée bien des années plus tôt, alors que la plupart de ces jeunes Noirs révoltés n'étaient pas encore nés.

Zeke, le métis qui avait participé au casse avec Red, prit la parole :

— Ça fait longtemps qu'on attendait ce moment, Ken, commença-t-il, employant le diminutif que seuls quelques intimes se risquaient à prononcer.

Le timbre de la porte de derrière résonna à cet instant. Un silence de mort s'abattit aussitôt sur l'assistance, car tous se demandaient qui pouvait bien arriver par là : il fallait en effet s'engager dans la ruelle qui longeait le bâtiment et traverser un parking jonché d'ordures pour accéder à la petite cour de derrière. L'escalier de secours était remonté ; il fallut donc que quelqu'un descende dans le club pour aller ouvrir.

On attendit en silence de connaître l'identité du mystérieux visiteur. Betty se trémoussa sur son perchoir, mal à l'aise, à l'approche de son pas dans l'escalier. Lorsqu'il entra, tous le reconnurent au premier coup d'œil, car il était de ces hommes que l'on remet immédiatement, même au milieu de la foule la plus dense. Son apparition suscita une réaction différente de la part de chacun, mais celle des femmes fut la plus vive. Betty ne fut pas la seule à avoir un mouvement de recul.

L'homme était vêtu d'un long manteau noir qui recouvrait entièrement sa longue carcasse squelettique. Sous la calotte de son crâne rasé de près luisaient deux grands yeux noirs scrutateurs séparés par un grand nez crochu de vautour. Sa bouche édentée aux lèvres burinées formait une profonde dépression contrebalancée par un menton en galoche. De sa longue main brune, l'homme se grattait la mâchoire en passant l'assistance en revue d'un oeil froid. Sous le regard implacable de ses yeux glauques, les uns esquissaient un salut embarrassé, d'autres détournaient les yeux comme s'ils n'avaient pas remarqué le regard insistant qui se posait sur eux. L'atmosphère bascula du tout au tout, comme si quelque chose de bas, de fétide et de fangeux s'était insinué dans la pièce en rampant.

Kenyatta était apparemment le seul à n'avoir rien remarqué.

— Quoi de neuf, Creeper, demanda-t-il lorsque l'homme se fut immobilisé devant lui.

Betty quitta précipitamment l'accoudoir où elle était juchée et battit en retraite vers la cuisine :

— Je prendrais bien un verre. T'en veux un, chéri ?

— Nan, ma gosse, rien pour moi, mais Creeper a peut-être envie de s'en jeter un.

Kenyatta leva les yeux sur l'homme. Lorsque leurs regards se croisèrent, il ne put se défendre d'un secret frisson d'horreur. Cet homme resterait à jamais une énigme pour lui, il le savait. Il appartenait à un monde entièrement différent du sien. Creeper était un des premiers membres de l'organisation ; il n'était cependant dévoué à aucune cause, sinon à celle de Kenyatta, et cela seulement parce que ce dernier lui avait sauvé la vie.

Un jour, blessé à balles par la police, il s'était terré dans une ruelle où Kenyatta l'avait découvert. Le leader noir l'avait emmené chez lui, l'avait soigné et lui avait trouvé un toit.

— Eh bien, qu'est-ce que ce sera, Creeper ? demanda Betty sans tenter de dissimuler son aversion.

— On t'a causé, à toi ? répliqua l'homme avant de lui tourner carrément le dos.

Étrangement, de tous les membres de l'organisation, Betty était la seule pour laquelle il nourrissait une haine particulière dont la violence le surprenait lui-même. Bien sûr, il lui en voulait de s'interposer entre lui et Kenyatta, mais il y avait autre chose de bien plus profond. Il n'avait jamais eu d'affection pour quiconque jusqu'au jour où Kenyatta lui avait porté secours. Ce n'était pas tant le geste en lui-même qui l'avait touché, mais plutôt le fait que Kenyatta l'avait traité comme un être humain au lieu de se détourner de lui avec horreur à cause de sa laideur. Creeper avait pris conscience de son aspect repoussant dès sa plus tendre enfance, quand les autres gamins s'étaient mis à l'appeler ainsi à cause du personnage des films d'horreur ; avec le temps, il s'était fait à ce nom. Il avait mené une vie solitaire jusqu'à sa rencontre avec Kenyatta.

Sa grande silhouette courbée au-dessus de lui finit par mettre Kenyatta mal à l'aise.

— Alors, frangin, qu'est-ce qui t'amène, demanda-t-il enfin ; on dirait que tu as une idée derrière la tête, mais tu ne dis rien.

Creeper embrassa l'assistance du regard avant de répondre :

— Tu me connais trop bien pour te figurer que je te dirai quoi que ce soit devant ceux-là, répondit-il à haute et intelligible voix. Le premier de ces putains de Nègres qui se fera serrer aura rien de plus pressé que de tout baver sur ton compte, Kenyatta, souviens-toi bien de ce que je te dis. (Sans laisser à Kenyatta le loisir de répondre, Creeper laissa glisser les pans de son manteau.) Je me suis occupé de la petite affaire dont tu m'avais causé, croassa-t-il.

Kenyatta eut un moment de flottement pendant lequel il fut incapable de toute pensée suivie. L'homme qui se tenait devant lui était couvert de sang. « De quoi il cause », se demanda-t-il. Il se rappelait de lui avoir demandé de se rencarder sur le bras droit de Kingfisher, mais c'était tout.

Kenyatta se leva de son fauteuil comme un félin et désigna la porte de sa chambre d'un coup de menton.

— Viens, fit-il en ouvrant la voie.

Il fallait percer ce mystère au plus vite. Il s'était passé quelque chose, il ne savait pas quoi, mais il était clair que le sang avait coulé.

À l'autre bout de la ville, dans son appartement-terrasse situé au dernier étage d'un immeuble, Kingfisher se traînait comme un homme écrasé par une force invisible. L'information qui venait de lui parvenir était si terrible qu'il ne pouvait y croire. Kingfisher n'était pas un enfant de choeur, mais il n'était pas habitué à des pratiques si barbares – surtout si près de lui.

En faisant les cent pas dans son luxueux appartement, Kingfisher ne cessait de se répéter à voix basse :

— Trop près, vachement trop près… s'ils sont capables de se faire mon bras droit…

Il secoua la tête, anéanti par la violence des représailles.

8

Après que les hommes de Kenyatta eussent été abattus par les flingueurs de Kingfisher, le leader noir avait convoqué un homme pour lui confier une mission : il devait découvrir les responsables et leur régler leur compte si possible. L'homme avait rapidement découvert l'instigateur du meurtre, et lorsqu'il avait rapporté que c'était Kingfisher, il avait reçu une seconde directive : si tu ne peux pas avoir le gros poisson, rabats-toi sur son second. Ce second n'était autre que Sam, le bras droit de Kingfisher, et il était presque aussi difficile à atteindre que le roi de la came lui-même – mais pas tout à fait cependant.

Il avait fallu un certain temps à Creeper pour trouver le défaut de sa cuirasse. L'homme avait l'étrange pouvoir de résoudre des énigmes que tout autre aurait abandonnées, les jugeant insolubles. Creeper était convaincu que tout homme a son point faible ; il suffisait de le trouver.

Dans le cas du bras droit et garde du corps personnel de Kingfisher, ce ne fut guère difficile. Lorsque Creeper eut découvert que Sam avait une femme, deux filles et un petit garçon de quatre ans, il ne lui restait plus qu'à attendre : l'homme qui avait participé à la décision d'abattre quatre membres de l'organisation de Kenyatta finirait bien par rentrer chez lui. Seulement voilà, Creeper n'avait pas la patience d'attendre que Sam se décide à rendre visite à sa petite famille; il décida donc de précipiter un peu les choses. Ayant déjà reçu des directives, il ne jugea pas utile de consulter Kenyatta. Il se contenta de mettre tous ses talents en oeuvre pour mener sa mission à bien.

Mary, la femme qui avait commis l'erreur de donner deux enfants à Sam, le gangster, ignorait tout de ses coupables activités. Tout ce qu'elle savait, c'était qu'il gagnait bien sa vie. De tous les Noirs dont elle avait partagé la vie, c'était le premier qui s'occupât si bien d'elle et des enfants : lorsqu'elle avait besoin d'argent, il lui suffisait d'appeler Sam pour lui dire combien il lui fallait, et pour quoi faire. Le fait qu'ils ne fussent pas mariés était secondaire. Sam avait bien plus d'attentions pour elle que son ex-mari. Son mariage n'avait duré que deux ans, mais elle avait eu plus de misères durant ces deux ans que bien des femmes dans une vie entière; pourtant, ils s'étaient mariés dans les règles. Elle en conservait précieusement la trace officielle dans un petit coffre-fort rangé au fond d'un placard, mais c'était une preuve bien illusoire : les deux filles de Sam constituaient une meilleure garantie de sa seconde union que tous les papiers du monde.

Les petites étaient certes nées hors des liens sacrés du mariage, mais pour elle, Sam était bel et bien son mari, même s'ils n'étaient jamais passés devant le pasteur. Il ne faisait aucune distinction entre les trois enfants : lorsqu'il faisait un cadeau aux gamines, leur grand frère n'était jamais oublié. Dès qu'il avait un peu de temps à leur consacrer, Sam traitait ses deux petites filles respectivement âgées de quinze mois et de trois ans comme de petites princesses. Bien sûr, il était le plus souvent absent, mais il veillait toujours à ce qu'elles ne manquent de rien. Gâter les gamins était une de ses rares joies dans l'existence; il aimait à leur offrir les mille choses dont il avait été privé dans son enfance parce que ses parents étaient fauchés.

La petite famille avait ainsi coulé des jours paisibles jusqu'au jour où Mary vit rentrer le petit David en compagnie d'un homme étrange, un vrai monstre de laideur. Elle se fit la réflexion que la maternelle engageait vraiment n'importe qui, mais se reprit aussitôt : il fallait bien que tout le monde vive. Ce n'était tout de même pas la faute du pauvre homme s'il était né comme ça. Le coeur tout empli de charité chrétienne, elle ouvrit la porte en grand ; l'homme passa le seuil sans lâcher le gamin.

— Il a fait une bêtise à l'école ? parvint-elle à demander avant d'ajouter : mais ne le serrez donc pas comme ça, vous lui faites mal ! car David tentait désespérément d'échapper à l'homme qui lui broyait le bras de sa poigne de fer.

L'enfant continua à renifler même lorsque l'homme l'eut lâché. Celui-ci remarqua au premier coup d'oeil la belle moquette et la tapisserie marron glacé qui mettaient en valeur un mobilier cossu aux tons de miel. Le canapé assorti au fauteuil et la table basse de marbre complétée par des guéridons de même facture lui donnèrent tout de suite une idée assez exacte du bien-être de la maisonnée.

— Y se démerde pas trop mal, Sam, on dirait ? commenta-t-il d'une voix sourde où couvait une menace.

Mary sentit son coeur se glacer à ces mots : son fils n'avait pas fait de bêtise, il s'agissait de tout autre chose. L'homme s'était servi de lui pour pénétrer dans la maison. Mon Dieu, songea-t-elle. La plus petite de ses filles se mit à pleurer dans son parc.

En se dirigeant vers l'enfant, elle dit :

— Vous devez faire erreur, il n'y a pas de Sam ici.

Pour atteindre le parc, il lui fallait passer entre l'homme et la table basse ; l'intrus lui agrippa le bras au passage.

— À ta place, ma gosse, je me bilerais pas trop pour la gamine, dit Creeper d'une voix glaciale ; laisse-la chialer.

— Vous n'êtes pas à ma place, justement ! protesta Mary en tentant de se dégager.

La suite lui donna l'impression irréelle de vivre un rêve éveillé. Il y avait si longtemps qu'on n'avait plus levé la main sur elle ! La main de l'homme s'éleva lentement, du moins eut-elle cette impression dans l'état second où elle avait basculé, et la gifla à la volée.

— Et maintenant, ma gosse, chantonna Creeper, il va falloir obéir bien gentiment. (Il ajouta avec un mauvais sourire en lisant l'indécision sur son visage :) C'est pas de la blague, cocotte. T'as intérêt à faire ce qu'on te dit si tu tiens à tes gamins.

Son peignoir s'ouvrit lorsqu'il l'assit de force sur le canapé, mais elle n'y prêta pas garde. Si l'homme était venu pour la violer, qu'il en finisse, et qu'il reparte comme il était venu, sans avoir rien commis d'irrémédiable. Hélas, elle sentait confusément qu'il ne s'agissait pas de ça. L'intrus n'avait aucune envie de la sauter. Il se dégageait de cet homme chez qui le grotesque le disputait au monstrueux une impression de méchanceté foncière qui la dépassait.

En haussant les épaules avec dégoût pour se dégager de son étreinte, elle demanda :

— Qu'est-ce que vous voulez ?

— Dis-donc, petite, je te l'ai déjà dit : je veux Sam. Sam le gros bonnet, Sam le prince de la came.

Il s'agissait d'essayer de bluffer :

— Je vous en supplie, puisque je vous dis...

Le mensonge lui resta en travers de la gorge, car Creeper venait de tirer de sa poche un coupe-chou qu'il ouvrit.

— Je sais bien ce que t'as dit, ma poule, rétorqua-t-il de son ton câlin de nourrice sadique, mais je suis pas là pour rigoler. Continue à me mener en bateau et j'égorge le gamin.

C'était impossible. Mary voulut se pincer pour s'assurer qu'il ne s'agissait pas d'un mauvais rêve. Elle ferma les yeux et les rouvrit ; l'homme ne pouvait être si sanguinaire qu'il voulait le lui faire croire. Elle ne pouvait accepter l'idée qu'il était prêt à assassiner son fils sous ses yeux.

— Je vous en prie ! dit-elle avec un pauvre geste de la main, comme pour remplacer les mots qui lui manquaient.

Malgré sa détresse, elle ne croyait toujours pas que l'homme irait jusqu'à s'en prendre à l'enfant.

— Écoutez, je n'ai aucun moyen de joindre Sam. C'est toujours lui qui appelle.

Elle n'avait pas fermé la bouche que l'homme se mit à l'œuvre sans perdre un instant comme un garçon boucher à l'abattoir. Il tira le garçonnet à lui d'un geste vif et lui passa la gorge au fil du rasoir avant que Mary ait eu le temps de comprendre ce qui se passait. Le flot de sang vermeil qui jaillit de la blessure la ramena à la réalité. L'homme lâcha le petit garçon qui tomba sans vie sur le sol.

La femme se jeta auprès de l'enfant avec un cri de douleur inarticulé. Comme elle le serrait sur son cœur, impuissante, la vie achevait de quitter le petit corps tiède de son fils avec le sang qui baignait son giron. Elle resta prostrée sur le sol, contemplant Creeper d'un œil égaré.

— Et d'un, dit ce dernier d'une voix feutrée en se dirigeant vers le parc où la petite fille, qui en était à ses premiers pas, tendit ses menottes vers lui pour qu'il la prît dans ses bras.

Mary sentit au plus profond d'elle-même qu'elle devait surmonter sa détresse pour garder une chance de sauver le reste de sa famille.

— Arrêtez, par pitié, cria-t-elle ; je vais l'appeler.

Sur ces mots, elle se mit à pleurer doucement, à bas bruit,

en proie à une de ces profondes douleurs que les larmes ne sauraient apaiser.

— Maman, Maman, fit la fillette de trois ans, qu'est-ce qu'il y a ?

Mary l'attira contre elle et la serra contre son cœur. C'était une grande femme approchant la trentaine. La maternité lui avait donné les formes pleines d'une femme accomplie ; elle avait les bras vigoureux d'une fermière.

Le visage encadré de nattes de la cadette se décomposa sous l'effet de la contrariété : elle voulait que le grand monsieur qui se tenait devant elle la prenne dans ses bras.

Creeper lui passa doucement la main dans les cheveux pour la faire taire ; de l'autre, il tenait toujours le rasoir ensanglanté.

— Arrêtez, par pitié, supplia Mary au comble de l'horreur. J'appelle, j'appelle tout de suite. (Elle tendit une main fébrile vers le téléphone :) Donne le téléphone à maman, chérie, dit-elle à la petite fille qui se tenait à côté d'elle.

La gamine se précipita vers la table basse et tira l'appareil jusqu'à sa mère qui continuait à pleurer sans bruit. Elle savait que rien au monde ne rendrait la vie au petit garçon qui gisait sur ses genoux ; du moins pouvait-elle tenter de sauver les petites. Sam était si grand et fort, lui saurait bien venir à bout de ce fou ! songea-t-elle en un éclair en recherchant dans sa mémoire le numéro que son compagnon lui avait donné pour l'appeler en cas d'urgence. Elle le composa fébrilement, mais c'était un faux numéro. Elle fit un effort surhumain pour reprendre ses esprits, tout en luttant contre la tentation irrésistible de se jeter sur le forcené. Si forte qu'elle fût, elle sentait bien qu'elle n'aurait pas le dessus avec cet homme qui semblait une incarnation de la violence à l'état pur. Malgré sa panique, elle ne put s'empêcher de se demander si Sam parviendrait à le maîtriser, mais ses doutes lui parurent insensés lorsqu'elle jeta un coup d'œil au squelette ambulant qui se tenait devant elle. Sam n'en ferait qu'une bouchée.

La vue de l'homme qui caressait la tête de sa cadette la replongea dans les affres de l'angoisse :

— Laissez-la, laissez la petite tranquille, parvint-elle à proférer ; je passe le coup de fil, mais ne touchez pas à ma petite fille.

La main de l'homme resta en suspens :

— D'accord, ma cocotte, dit-il d'une voix douce. Te bile pas pour ça, passe ton coup de fil.

Une voix lointaine se fit entendre à l'autre bout de la ligne.

— Sam, croassa Mary, passez-moi Sam !

Quelques instants plus tard, sa voix virile résonnait dans le combiné.

Elle débita quelques mots décousus d'où il ressortait qu'un des enfants était blessé, et le supplia de venir immédiatement pour le transporter à l'hôpital.

Sam sentit l'urgence dans sa voix ; il s'excusa auprès de Kingfisher et se mit en route aussitôt.

S'il y avait une chose que Sam voulait éviter à tout prix, c'était le moindre contact entre ses copains gangsters et sa famille. Pour quelque obscure raison, il était convaincu que tout irait bien s'il s'en tenait scrupuleusement à cette règle. La boue qu'il remuait journellement ne pourrait éclabousser les siens. Il eût été bien en peine de donner une explication rationnelle à cette conviction, mais il s'arrangeait pour que les deux aspects de sa double vie ne se rencontrent jamais.

Peu après le départ de Sam, Kingfisher se demanda s'il n'aurait pas dû lui donner une escorte de quelques gars, mais il rejeta aussitôt cette idée : Sam était son homme de confiance, il était assez dégourdi pour se défendre tout seul —ou bien c'était à désespérer. Le roi de la came devait regretter amèrement sa légèreté, car s'il en avait décidé autrement, il aurait pu mettre un terme à tous ses ennuis.

En moins d'une demi-heure, Sam arriva devant sa splendide demeure en brique rouge de Conant Gardens, un lotissement réservé à la bourgeoisie noire aisée. Il se gara dans l'allée. En gagnant la porte au pas de course, il s'étonna de ne pas trouver Mary sur le seuil ; si l'accident était si grave, pourquoi n'avait-elle pas porté l'enfant jusque-là en l'attendant ?

En courant sur le gazon impeccablement tenu, il remarqua que la porte était entrouverte ; il gravit d'un bond les marches du perron et s'engouffra à l'intérieur. Là, il se figea sur place, incapable d'intégrer le spectacle qui s'offrait à ses yeux effarés. Il vit d'abord sa fille cadette, dont le parc avait été poussé devant la porte de façon que tout arrivant doive le contourner pour pénétrer dans la maison. L'enfant reposait à plat dos sur le matelas immaculé – à part la flaque de sang à demi séché qui entourait sa gorge ouverte. Sans ce détail, Sam aurait pu croire qu'elle dormait. Alors même qu'il se précipitait vers elle, horrifié, son sens de l'observation toujours en éveil lui signala qu'on l'avait égorgée à l'aide d'un rasoir à main. Il se pencha sur elle pour la prendre dans ses bras, mais son cerveau l'avertit impitoyablement de l'inutilité de son geste : l'enfant était morte. Il contourna le parc en trébuchant, aveuglé par les larmes. C'est alors qu'il découvrit Mary attachée à la table basse. Elle aussi avait la gorge tranchée, et les coupures de son visage témoignaient de sa résistance acharnée, mais les corps inanimés des deux autres enfants rendaient compte de l'inutilité de sa lutte. L'aînée gisait près de sa mère, mais le forcené avait introduit un peu de fantaisie dans son programme : il l'avait étranglée avec ses nattes.

Sam se laissa tomber à genoux auprès d'elle en formant

des vœux pour que toute vie n'ait pas quitté son petit corps gracile. Qui peut bien être coupable d'une telle abomination? hurlait une voix dans sa tête. C'était évidemment l'œuvre d'un malade qui avait trouvé une délectation macabre dans l'accomplissement de ces actes inhumains. Un être capable de mettre à mort un bébé de façon si barbare devait être détruit comme une bête nuisible.

Sur le moment, Sam fut trop ébranlé pour seulement penser à la vengeance. Il n'arrivait plus à raisonner. Pouvait-il s'agir d'un acte de représailles, à cause du règlement de comptes ordonné par Kingfisher? Sam n'aurait su le dire. Il avait mené une guerre ouverte contre des hommes, mais s'il avait toujours su que ces hommes étaient capables de violence, il n'avait jamais cru avoir à faire à des fous; or ce carnage ne pouvait être que l'œuvre d'un dément.

C'est alors qu'il entendit, d'abord imperceptible, puis s'enflant peu à peu, un rire qui résonna bientôt dans toute la pièce. Sam se tourna dans sa direction; il ne s'était fait aucune idée préconcue de l'aspect que pourrait avoir le meurtrier, mais lorsqu'il distingua le spectre sanguinolent qui se tenait derrière les rideaux de la fenêtre, il sut immédiatement qu'il avait devant lui le monstre à qui il devait la perte de tout ce qu'il chérissait le plus au monde. En contemplant cette incroyable loque, il sentit monter en lui le désir irrépressible de la détruire.

Les sons qui s'échappaient de la bouche de l'apparition n'avaient rien d'humain. Creeper se régalait. Rien n'aurait pu le ravir comme la consternation qu'il lisait dans les traits du costaud.

Sam voulait tuer, anéantir, mais il voulait aussi comprendre :

— Pourquoi, pourquoi les gamins? demanda-t-il sans même se rendre compte qu'il faisait un pas vers le meurtrier.

Répétant sans cesse la même question, il poursuivit sa marche vers Creeper qui le regardait approcher avec un hideux sourire en coin.

Les ténèbres qui s'étaient abattues dans l'esprit de Sam l'avaient privé de tout jugement. Il n'était plus bon qu'à avancer droit devant lui comme un automate, une machine programmée pour la destruction. Il n'y avait plus place dans son esprit que pour cette unique pensée : il devait détruire cet être qui avait anéanti tout ce qui donnait un sens à sa vie. Toutes les autres préoccupations qui avaient pu l'habiter autrefois s'étaient évanouies. Il n'avait plus qu'une chose à faire en ce monde. Ses doigts s'étaient mués en griffes formidables. Sans seulement songer à serrer le poing pour frapper, il marcha lentement sur son ennemi, les mains en avant, indifférent au. 38 automatique équipé d'un long silencieux que Creeper braquait sur lui.

Le sang dont l'homme était maculé ne fit qu'ajouter à l'égarement de Sam. Plus il s'approchait, plus il sentait l'odeur fade de la mort qui s'était attachée aux vêtements de l'homme. Ce sang, c'était le sang de sa famille bien-aimée. Touchant au but, il répéta encore :

— Pourquoi, pourquoi, pourquoi ?

Creeper visa posément la poitrine du colosse. La première balle n'arrêta pas Sam qui poursuivit sa marche de somnambule vers le meurtrier. Creeper ne se démonta pas : il ricana et appuya une nouvelle fois sur la détente. Le silencieux étouffait complètement les coups de feu. Le deuxième impact ralentit Sam un instant, mais il reprit sa marche après une courte hésitation. Il en fut de même au troisième, et au quatrième coup de feu. Creeper n'était pas une fillette, mais son front se couvrit de sueur, et il releva un peu son arme avant de faire feu. La balle atteignit le gangster en pleine face, lui emportant l'œil gauche. Sam n'avait plus rien d'humain, mais une force surnaturelle lui faisait poursuivre son implacable progression.

Creeper voulut reculer, mais il était acculé à la fenêtre. La seule issue était face à lui, derrière le mort-vivant que rien ne semblait devoir détourner de son but.

Sam n'était plus qu'à cinquante centimètres de Creeper. Il ne savait même plus pourquoi il devait tuer l'être qui se tenait devant lui ; il était bien au-delà de toute pensée et de toute conscience. Il tendit les mains vers le cou de Creeper. Celui-ci n'était pas une mauviette ; comme il n'avait en lui que le mal, il en avait fait sa seule nourriture et sa force ; il y puisait son courage insensé. Il ne craignait rien ni personne en ce bas monde, et ne croyait qu'à une chose : son flingue. Même s'il frémit lorsque ce qui avait été Sam fut sur lui, il se contenta de grimacer un sourire et attendit que ses doigts se posent sur son cou de poulet pour tirer sa dernière balle. Il braqua son pétard au milieu du front de Sam et fit feu, certain que nul homme ne pouvait survivre à un tel coup tiré à bout portant. La balle emporta la moitié du crâne de Sam qui s'écroula à ses pieds comme une poupée de chiffons.

9

La police de Detroit était sur les dents : la ville connaissait un bain de sang sans précédents. Certes, il y avait toujours eu des meurtres dans les quartiers noirs, mais en l'espace de quinze jours, trois gangsters blancs connus pour leurs hautes responsabilités dans l'Organisation avaient été trouvés morts. Les circonstances de certains de ces meurtres présentaient une parenté évidente avec le carnage de Conant Gardens. L'usage systématique du rasoir à main suggérait l'acte d'un désaxé; or, deux des chefs de l'économie parallèle avaient été égorgés, et l'un d'eux avait été retrouvé en compagnie de sa femme, elle aussi saignée à blanc. La convergence était pour le moins troublante; du moins était-ce l'avis du commissaire Davidson, comme il en fit part à ses hommes lors d'une réunion dans son bureau.

Le beau soleil de l'après-midi entrait à flot par la fenêtre ouverte. Benson et Ryan tirèrent sur leurs cols, mais les inspecteurs Steward et Nelson semblaient insensibles à la chaleur. Ce qui les tracassait, c'était plutôt cette vieille carne de commissaire qui ne voulait rien savoir : il y avait eu trop de sang versé. Si on ne s'excitait pas un peu, il y aurait des sanctions, et à ce train-là, le commissaire lui-même pouvait craindre pour sa carrière; c'est pourquoi il faisait rageusement les cent pas, dénudant rapidement la trame crasseuse de sa moquette bariolée. Le travail était à vrai dire bien entamé, et une trace claire témoignait de l'embarras accumulé de générations de fonctionnaires de police. Benson et Ryan suivaient le manège de leur chef d'un œil atone. Tout-à-coup, il cessa d'arpenter la pièce pour s'asseoir sur le coin de son vieux bureau déglingué.

— Vos excuses, vous pouvez vous les garder, commença-t-il. J'en ai entendu tellement que le stock va me durer jusqu'à la retraite. Il faut mettre fin à cette chienlit. Les canards vont se ruer sur cette vague de meurtres comme la vérole sur le bas-clergé, et quand les journaleux s'y mettent, les têtes commencent à tomber. (D'un geste impérieux, il réclama le silence.) Comprenez-moi bien : j'ai aucune envie de vous saquer, les gars, parce que je sais bien que vous faites de votre mieux, mais si ça continue, je vais tout de même être obligé d'en virer un, juste pour pas qu'on croie que je m'en branle. Vous voyez où on en est ? (Il fixa tour à tour les quatre hommes de ses yeux gris perçants comme des épingles.) Figurez-vous que j'aime bien ma place ; j'ai pas l'intention de me laisser virer. Alors si vous vous magnez pas de faire des étincelles, vous pouvez déjà vous mettre à astiquer vos bâtons blancs, parce que vous allez retourner faire la circulation ! (Le commissaire Davidson claqua des doigts en direction de l'inspecteur Steward. Le blondinet baissa le nez d'un air piteux.) Quant à vous, reprit-il, il y a quinze jours, je crois bien vous avoir dit de prendre contact avec Benson et Ryan au sujet du premier meurtre, mais évidemment, rien à faire. Vous êtes bien trop marle pour ça. Qu'est-ce que vous m'avez sorti, déjà ? Que ça pouvait pas être un Négro qui avait fait le coup ? Que c'était trop gros, que c'étaient des règlements de compte au sein de l'Organisation ? C'est bien ça ? aboya-t-il.

Le jeune homme détourna la tête pour ne pas croiser le regard de Benson, et aussi pour éviter que le commissaire ne devine ses pensées. Il restait en effet convaincu que les crimes ne pouvaient être attribués à des Noirs, à moins d'imaginer un gros bonnet noir de tout premier plan, et il n'en connaissait pas de cette pointure en ville. Après avoir consulté son équipier Nelson d'un coup d'œil, il déclara :

— Commissaire, il n'y a en ville qu'un Noir qui pèse assez lourd pour s'attaquer à ces mecs-là, et c'est celui qu'on appelle Kingfisher.

Le rugissement du commissaire fit trembler la préfecture sur ses fondations :

— Kingfisher mon cul ! Il marche avec les huiles qui se sont fait descendre ! C'est même des gars à lui qui ont été butés en premier. Comme par hasard, il y a encore des deals à lui qui se sont fait rectifier la semaine dernière. Seulement voilà, les minables qui se font buter dans le ghetto, vous voulez même pas en entendre parler, vous êtes au-dessus de ça ! Mais moi je vous le dis : le deal qui s'est fait buter la semaine dernière marnait pour Kingfisher.

Steward haussa les épaules :

— Alors c'est peut-être une guerre des gangs ? Je veux dire, qui d'autre connaîtrait l'identité de ces gros pontes ? Je ne peux pas imaginer que n'importe quel petit voyou du ghetto soit assez fortiche pour se procurer les informations nécessaires pour dégommer des huiles pareilles !

Benson crut que le palpitant du vieux allait lâcher. Il devint rouge comme une pivoine et parut avoir du mal à respirer. Il prit appui sur le bureau pour reprendre son souffle, mais lorsqu'il releva la tête, ses yeux lançaient des éclairs :

— Écoute bien, mon gars, je me fous de ce que tu peux imaginer ou pas. Quand je vous dis un truc, il faudrait voir à le faire, et sans traîner. Quand je vous dis de prendre contact avec Benson et Ryan pour partager vos tuyaux, vous le faites et c'est marre.

Les gars se contentèrent de le regarder sans moufter. Ils avaient l'habitude de le voir en pétard, mais là, il battait tous les records ; il avait vraiment la haine. Il allait falloir se remuer le cul.

La dernière chose dont Benson avait envie, c'était bien de bosser avec les deux blancs-becs, car il ne pouvait pas les saquer, mais apparemment, il n'avait guère le choix : ils s'étaient tous laissé déborder, et il s'agissait de remettre les pendules à l'heure.

Au même instant, une scène assez comparable se déroulait dans le luxueux appartement de Kingfisher.

Ce dernier arpentait son beau salon tout comme le commissaire, sauf qu'en plus, il pétait de trouille ; ce n'était pas pour son boulot qu'il se bilait, lui, mais pour sa peau. Ça devenait vraiment chaud pour lui. Pas besoin de lui faire un dessin : il était absolument sûr de figurer en bonne place sur la liste noire. Il fusillait ses gorilles du regard en faisant les cent pas devant eux :

— C'est la dernière fois que je vous le répète, les mecs ; je veux que personne, mais alors personne, vous entendez, ne mette les pieds ici si vous ne l'avez pas déjà vu avec moi. Si quelqu'un essaie de jouer à ça, je veux que vous le mettiez au frais et que vous le fouilliez à fond. C'est pigé, ou il faut vous le faire comprendre à coups de pompe dans le train ?

Après leur avoir fait les gros yeux, Kingfisher se tourna vers un Noir maigrichon accoudé au piano à queue.

— Alors, Big-Time, comment ça s'est passé ? Tu les as vus, ces putains de branleurs ? (Il poursuivit sans laisser à Big-Time le temps d'en placer une :) Je suis sûr que c'est ces enfoirés qui sont derrière toute cette merde. Je le sais, je le sens, fit-il en posant une main sur son cœur. On était peinards jusqu'à ce que ce pédé de Kenyatta ramène sa fraise comme quoi y fallait plus qu'on deale de dope dans le ghetto. Merde alors, pour qui il se prend?

— Je suis passé devant leur espèce de turne, là, dans le quartier Nord, mais y avait pas un chat. À la fin des fins, j'ai fini par tomber sur une minette et je lui ai sorti ce que tu m'avais dit; là-dessus, elle m'a dit de repasser le lendemain. Bon, moi je me pointe le lendemain, et elle était déjà là à m'attendre. (Il marqua un temps pour s'assurer qu'il avait toute l'attention du roi de la came avant de reprendre :) Eh ben j'étais pas plus tôt entré qu'elle me demande comme ça si t'avais arrêté de dealer dans le ghetto. Là, franchement, j'ai séché, parce que je savais pas trop quoi lui sortir. Mais elle, avant même que je lui balance un pipeau quelconque, elle me sort que de toute manière y savent très bien que non, et elle m'a dit de te dire que Kenyatta est en train de s'occuper de tes vieux poteaux blancs, et qu'il veillera personnellement à ce que tu sois mis hors-jeu parce qu'il sait très bien que c'est toi qui fais entrer toute la merde dans le ghetto.

En achevant de transmettre le message, Big-Time avait sorti sa pochette pour s'essuyer le front. Manifestement, le message ne lui disait rien qui vaille; quant à son taulier, il était effondré.

C'était comme si Kingfisher s'était pris un taquet en plein dans le bide; il soufflait comme une carpe échouée sur le sable.

— Elle t'a carrément sorti ça? Sur mes potes les Blancs?

Kingfisher attendait la réponse en dévisageant son homme de main avec une attention passionnée, quand il eut une réaction qui stupéfia tous les assistants : il se tourna vers eux et les compta, après quoi il proféra :

— On est partis. Je veux lui causer moi-même, à cette pétasse.

Huit hommes se levèrent.

— On laisse pas quelqu'un pour surveiller l'appart'et Vickie ? demanda Big-Time lorsqu'ils furent à la porte.

— Laisse deux mecs, comme ça on sera sept avec moi, répliqua sèchement Kingfisher.

Ce fut à Big-Time de choisir les deux plantons. Il leur fit une fois de plus la leçon, mais c'était surtout pour se faire bien voir du taulier, car les gars commençaient à la connaître par cœur.

— Faut prendre les deux bagnoles, avança Big-Time lorsque l'ascenseur les cracha dans le hall au luxe criard.

Dès qu'ils furent tous sortis, un des gorilles verrouilla l'ascenseur privé afin que personne ne puisse l'emprunter jusqu'à leur retour. S'il y avait le feu à l'appartement, les deux gardes du corps et la poule du taulier devraient s'enfuir par l'escalier de secours, qui était fermé par une lourde porte de fer. Il n'y avait aucun autre accès à l'appartement-terrasse.

Avant que le petit groupe eût quitté le hall, un chasseur fringué en amiral suisse s'approcha du téléphone à pièces. Il composa un numéro et glissa quelques mots à voix basse dans le combiné avant de raccrocher pour retourner à son travail.

— On va tous monter dans la Cad, ordonna Kingfisher.

Big-Time fit signe au chauffeur qui poireautait à longueur de journée au rez-de-chaussée dans l'attente de telles occasions. L'homme partit à fond de train, de sorte que la grosse limousine se garait déjà devant l'immeuble lorsque les gars arrivèrent sur le trottoir.

Les trois voitures du roi de la came étaient garées dehors, sous la surveillance permanente du type qui faisait le poireau dans le hall. Il servait aussi de chauffeur à l'occasion. Le plus souvent, Kingfisher et ses gorilles prenaient deux voitures dans leurs déplacements, car le grand taulier n'aimait pas la promiscuité, mais pour une fois, il avait l'air de s'en tamponner.

Comme les gars s'approchaient de la Cadillac, une Ford noire tourna le coin de la rue sur les chapeaux de roues et fondit sur eux. Pas besoin d'avoir fait Normale pour piger ce qui se passait : les mecs virent les glaces se baisser pour laisser passer l'œil noir des mitraillettes.

Kingfisher poussa un glapissement de première communiante et se rua vers sa bagnole ; il dut jouer des coudes, car certains de ses gorilles n'en menaient pas plus large que lui, mais il parvint tout de même à s'engouffrer dans la limousine avant que la Ford ne fût arrivée à leur hauteur. Quelques gardes du corps plus hardis que les autres tirèrent leurs pétards de sous leurs vestes, mais ils ne faisaient pas le poids contre le feu roulant des mitraillettes qui éclata lorsque la Ford les dépassa en trombe. Les balles qui touchèrent la Cadillac ricochèrent, car elle était blindée, mais il n'en était pas de même des gorilles restés sur le trottoir qui furent fauchés comme blé en septembre.

Comme Kingfisher se jetait à plat-ventre sur le plancher de la Cad, il sentit un poids s'abattre sur son dos ; tournant la tête, il se retrouva nez-à-nez avec un Big-Time plus mort que vif.

— Ça y est, ils sont partis, fit Jack, le chauffeur, d'une voix glaciale. (Après avoir jeté un coup d'œil aux hommes de main gisant sur le trottoir, il baissa les yeux sur les deux gros bonnets plaqués au sol et grinça des dents.) Ils nous ont descendu au moins trois gars, fit-il d'un ton neutre qui ne trahissait rien de son mépris pour les deux gus occupés à bouffer la moquette.

Il concevait parfaitement qu'on cavale pour sauver sa peau, mais il les avait vus bousculer des gars qui s'efforçaient seulement de sortir leurs armes pour défendre ces deux lâches.

— T'es toujours partant pour la balade ? demanda Big-Time sans bouger de sa place.

Jack ne put réprimer un mauvais sourire lorsque Kingfisher rétorqua d'un ton sec :

— Tout ce que je veux, Négro, c'est que tu vires ton cul, que je puisse sortir de cette putain de caisse pour remonter à l'appart. On a pas assez réfléchi à tout ce merdier.

Kingfisher s'extirpa de la voiture à quatre pattes, non sans avoir préalablement jeté un bon coup d'œil au-dehors pour s'assurer que rien ne le menaçait sur les quelques mètres qu'il lui faudrait parcourir à découvert jusqu'à l'entrée de l'immeuble. Il n'eut pas un regard pour ses hommes étendus sans vie sur le trottoir. Il n'avait qu'une seule idée en tête : retrouver la sécurité de son appartement, qui était devenu pour lui une prison.

10

Lorsque les inspecteurs arrivèrent, Kingfisher était prêt à les recevoir. Maître Booth, son avocat blanc, était là pour répondre à toutes leurs questions à sa place. Lui se contentait d'acquiescer, mollement installé sur un profond canapé.

L'inspecteur Benson se tenait sur la réserve, se contentant d'observer. C'était donc ça, le grand taulier dont il avait tant entendu parler ? Cet enfoiré chie dans son froc tellement il a les foies, songea-t-il froidement.

— Donc, reprit Nelson d'une voix lasse, vous dites que vous avez vu la voiture débouler et que vous avez tout de suite su que c'étaient des flingueurs. Vous vous figurez tout de même pas qu'on va gober que vous avez pas reconnu un seul de ces soit-disant flingueurs ?

— Vous pouvez pas savoir ce que je m'en branle, de ce que vous croyez ou pas, cracha Kingfisher en haussant les épaules. Je vous ai raconté tout ce qui s'est passé et ce que j'ai vu, alors maintenant, vous vous cassez.

Nelson haussa les épaules. Il n'avait pas l'habitude de se faire traiter ainsi par un Noir.

— On pourrait vous emmener à la préfecture, pour voir, dit-il. Peut-être que vous seriez plus causant.

Benson dut se détourner pour dissimuler le sourire qui lui

montait aux lèvres, mais son amusement n'échappa pas à Ryan qui dut aussi contenir un gloussement. Mettre Kingfisher en garde à vue sans avoir un dossier en béton sous le coude, c'était un peu comme de mettre sa tête dans la gueule d'un lion pour voir s'il a des caries.

Ryan s'approcha de son équipier :

— Qu'est-ce que tu penses de cette embrouille ? s'enquit-il.

— S'il savait quelque chose, il hésiterait pas à baver, fit Benson en haussant les épaules. Il a trois de ses gars de rectifiés, un à l'hôpital, et il a tellement les foies qu'il perd ses légumes chaque fois qu'on cogne à sa lourde. S'il savait quelque chose, il jacterait, et plutôt deux fois qu'une.

— C'est bien ce que je me dis aussi, acquiesça Ryan, mais j'ai tout de même l'impression qu'il nous dit pas tout. Je suis presque sûr qu'il a tout de même idée de qui essaie de le buter.

— C'est ce qu'on va voir, fit Benson en s'approchant de l'homme vautré sur son canapé.

En fait, la frousse du gangster le mettait en joie. C'était là l'homme qui inondait toute la ville de came et pourtant, pour eux, il était intouchable. Pire : ils avaient intérêt à prendre des gants avec lui s'ils ne voulaient pas se retrouver à la circulation.

À la gueule de Nelson et de son associé, on voyait tout de suite que ça ne leur plaisait guère que leur aîné vienne fourrer son nez dans leur interrogatoire.

— Dites-donc, King, est-ce que je pourrais avoir une petite conversation avec vous, entre quatre-z-yeux, quand vous aurez fini avec les gars ? demanda posément Benson.

Ça ne traîna pas : Kingfisher se leva sans un regard pour les deux blanc-becs qui étaient en train de l'interroger.

— Passons dans ma chambre, on sera peut-être plus

tranquilles, dit-il, non sans couler un regard insistant à son avocat.

— On a pas besoin de lui, fit Benson, mais il peut venir, si vous y tenez.

Sur le pas de la porte de sa chambre, Kingfisher s'immobilisa pour dévisager l'inspecteur avec attention, puis il congédia l'avocat d'un geste de la main. Les deux hommes restèrent silencieux jusqu'à ce que la porte se fût refermée sur eux. Benson embrassa du regard le luxueux ameublement de la chambre à coucher. Il n'y avait que des objets de grand prix dans la pièce. Le lit — grande largeur — était recouvert d'un couvre-lit cramoisi, et la moquette noire était agrémentée d'un liseré bordeaux assorti au reste de la décoration.

— Inutile de tourner autour du pot, commença Benson. Je pense que vous savez aussi bien que moi qui est responsable de tout ce merdier. Je sais que vous voulez à tout prix éviter toute espèce de guerre des gangs, mais le jeune enfoiré auquel je pense s'en fout pas mal.

Bien sûr, l'inspecteur noir y allait complètement au flan : il n'avait aucune certitude sur l'origine de la vague de meurtres.

— Ça c'est sûr, éclata Kingfisher. Ce salaud de Kenyatta est complètement secoué !

Et voilà, songea Benson.

C'était donc bien Kenyatta qui tirait les ficelles.

— Mais tout de même, comment est-ce qu'un mec comme Kenyatta a pu se démerder pour avoir les tuyaux dont il avait besoin pour déquiller les Ritals ? s'enquit Benson. Encore, sur vous, je peux comprendre, mais sur des gros bonnets blancs ?

— C'est tout le problème, fit le roi de la came avec un grand geste de la main ; les tauliers ont même commencé par croire que c'était moi qui l'avais rencardé, mais il a aligné un mec dont j'avais même jamais entendu causer. (Après un silence, il reprit :) En plus, dès qu'ils ont gambergé cinq minutes, ils ont compris que j'avais aucun intérêt à foutre un boxon pareil. Faudrait que je sois cinglé ! J'ai tout à y perdre, et rien à y gagner. Nan, conclut Kingfisher en secouant la tête, ils ont pigé que j'y étais pour rien. En plus, je leur ai balancé tout ce que je savais sur le compte de ce connard.

Benson comprit que l'homme essayait de se convaincre que ses tauliers blancs l'avaient cru lorsqu'il leur avait soutenu qu'il n'avait rien à voir avec les meurtres. Il est complètement largué, se dit Benson en écoutant le roi de la came s'efforcer de comprendre ce qui lui tombait dessus. Kingfisher poursuivit :

— C'étaient des Noirs qui ont essayé de me descendre cet après-midi ; ça, au moins, c'est sûr. J'ai eu le temps de les mater, même si je sais que je serais incapable de les reconnaître dans une séance d'identification. (Décidément, le gangster avait tellement envie de comprendre ce qui se passait qu'il en devenait franchement bavard.) C'est à se demander d'où ils sortent, ces mecs ! poursuivit-il. On se serait cru au temps de la prohibition. Je veux dire, plus personne fait des plans comme ça ! Ça paie pas. Ça fait mal là où il faut pas : au portefeuille ! Le seul truc, en fait, c'est que je pige pas comment il a pu se rencarder. Si je le savais, je pourrais remettre les pendules à l'heure.

Benson décida d'aiguiller Kingfisher sur un nouveau terrain :

— Mais comment est-ce qu'un mec pareil a pu dégotter toute cette artillerie ? Je me doute bien qu'une huile comme toi aurait pas de mal à démerder une ou deux sulfateuses, mais pour les zonards du ghetto, une mitraillette, c'est aussi coton à trouver qu'un hélicoptère !

Benson dévisagea son interlocuteur avec attention ; il

savait bien qu'il n'aurait pas dû révéler ses lacunes à son ennemi naturel, mais la question le travaillait.

Kingfisher claqua des doigts :

— Y a pas trente-six solutions, c'est sûr ! Là, comme ça, je vois que deux ou trois mecs qui pourraient...

Il se tut et son regard s'éclaira tout à coup. Un sourire glacial se peignit sur son visage, et il se leva.

— L'entrevue est terminée, flicard, j'ai des trucs à faire, dit-il en ouvrant la porte de la chambre. (Kingfisher ne se donna même pas la peine de regarder si l'inspecteur le suivait. Il alla tout droit à son avocat et lui dit à haute et intelligible voix :) Y en a encore pour longtemps avec ces conneries ? Tu pourrais pas me virer tous ces guignols ? J'ai des trucs à faire.

Benson n'eut pas la curiosité de voir comment le petit avocat grassouillet s'y prendrait pour faire le vide dans l'appartement qui grouillait de flics. Il alla glisser quelques mots à l'oreille de son équipier et les deux hommes s'en furent sans traîner.

Ils n'ouvrirent pas la bouche avant d'être dans la rue.

— Je crois bien qu'on tient le bon bout, Ryan, dit Benson à son équipier en se dirigeant vers leur voiture. Quand j'ai parlé des flingues, il a presque sauté au plafond. Il a percuté d'un seul coup, en même temps que moi. Les flingues et les tuyaux viennent de la même personne, c'est forcé ! (Ryan prit le volant.) Fallait vraiment qu'on soit à côté de nos pompes, ça crève les yeux ! On a plus qu'à trouver un mec qui pèse assez lourd pour fournir toute cette artillerie à Kenyatta, et on aura notre homme.

— Je crois bien qu'on sait déjà qui c'est, déclara Ryan en se glissant dans le flot de la circulation sans prêter attention à la mine ébahie de son équipier.

— Non mais tu rigoles ! explosa Benson. Si on le savait,

ça ferait belle lurette qu'on leur serait tombés sur le râble, à ces enfoirés !

— Écoute, on a aucune preuve, mais réfléchis cinq minutes. Tu te souviens du gros porc qu'on a vu sortir de chez Kenyatta, l'autre jour ? On a recherché son numéro d'immatriculation, et on s'est cassé les dents. Mais rappelle-toi qu'on s'est aussi rencardés sur le proprio du club, et qu'on a découvert que c'était un Noir, alors moi, je te dis que notre homme, c'est le gras du bide. (Après un silence, Ryan reprit :) On s'est démerdés comme des manches, Ben. On avait tout sous le nez et on a laissé pisser. Pourquoi ? Parce qu'on savait pas où on allait. Mais à partir de maintenant, on va plus rien laisser passer.

Ryan laissa son équipier digérer ces nouvelles données.

— Écoute Ryan, moi je veux bien, mais qu'est-ce qu'on fait ? Ce mec, on l'a même pas assez bien vu pour le reconnaître aux sommiers ! (Le visage de Benson s'éclaira :) Mais maintenant qu'on sait que cet enfoiré s'occupe de pétards, on a plus qu'à éplucher le dossier des gros trafiquants d'armes, et le premier connard qui aura un air de famille avec le gros lard va nous avoir sur le dos.

Ryan appuya sur le champignon. Ils avaient enfin quelque chose de solide à se mettre sous la dent.

— Et nos mouches ? demanda Ryan en allumant une clope. Tu crois qu'il y a quelque chose à glaner de ce côté-là ?

Benson secoua la tête.

— Non, de ce côté-là, c'est mort. Tout ça, c'est bien trop gros pour eux. Tu sais qu'on est sur l'affaire de notre vie ? Si on alpague le mec qui fournit les pétards à Kenyatta, il est bon comme la romaine. On a intérêt à se magner si on veut pas que Kingfisher le chope avant nous. Les gros bonnets doivent pas aimer qu'on balance des trucs comme ça sur leur compte. Y en a déjà trois de rectifiés, et va savoir combien de noms il reste sur cette putain de liste !

— Tout ce que je sais, c'est que ça me déplairait pas d'y jeter un coup d'œil, rétorqua Ryan. Tu te rends compte comment ça nous simplifierait le boulot ? C'est comme Kingfisher, ça m'aurait pas gêné qu'il nous rencarde un peu sur ses petits potes.

— Tu te touches, coupa Benson. Il crève de trouille, mais il est pas cinglé.

Comme ils approchaient de la bretelle d'accès à la voie rapide, une voiture se rabattit trop brusquement devant eux, de sorte que Ryan dut freiner à mort.

— Vérole ! gronda Ryan comme les deux hommes s'accrochaient pour ne pas embrasser le pare-brise. C'est bien vu, ton truc, pour la liste, Ben, reprit-il lorsqu'ils se furent remis de leurs émotions. (Benson accepta le compliment sans mot dire. Il y avait intérêt, que ce soit bien vu. La boucherie n'avait que trop duré.) Même pour l'assassinat de Sam, le bras droit de Kingfisher, poursuivit Ryan de la voix sourde qu'il adoptait toujours pour gamberger tout haut, il faut bien se rendre à l'évidence : il est lié avec les autres affaires. Et pourtant, le meurtre barbare des enfants, ça fait pas trop « milieu ». Des tueurs professionnels auraient jamais fait un truc pareil.

— Peut-être que le mec avait besoin de faire jacter la bonne femme, suggéra Benson avec un geste désolé. Tu sais Ryan, ce genre de trucs, moi, ça me tue. J'ai vu pas mal de macchabées dans ma vie, mais ça me fait mal au cœur de penser à la façon dont ces gamins ont été massacrés.

Ça roulait bien sur la voie rapide, et la voiture des inspecteurs bifurqua bientôt vers la sortie Jefferson Avenue.

— Je me demande si les fédés pourraient pas nous rencarder, médita Benson. Le F. B. I. les a dans le collimateur, les gros trafiquants d'armes.

— Nom de Dieu ! rugit Ryan. C'est maintenant que tu me sors ça ! On va leur faire une petite visite, conclut-il en dépassant en trombe le parking où ils auraient dû garer la voiture.

En traversant le centre-ville à fond de train, Benson ne put réprimer un sourire suffisant : l'idée avait vraiment l'air de bien brancher son équipier.

Le centre était embouteillé, mais Ryan parvenait tout de même à se faufiler. Un motard lui jeta un regard noir lorsqu'il fit une queue de poisson à un bus bondé en grillant un feu.

Arrivés à Michigan Avenue, les deux inspecteurs furent confrontés au douloureux problème du stationnement.

— Gare-toi en stationnement interdit et puis c'est marre, suggéra Benson comme ils faisaient le tour du pâté de maisons. Si j'avais su que pour aller au siège du F. B. I., il fallait venir en stop, j'aurais appelé la préfectance pour qu'ils nous envoient une voiture pie ! conclut-il.

— Tu m'étonnes ! rétorqua Ryan. Seulement comme d'habitude, tu sors ça trois heures après.

À leur deuxième tour de pâté de maisons, Ryan vit un type monter dans une voiture garée en stationnement interdit devant l'entrée des bureaux du F. B. I. Avec un sourire de triomphe, Ryan se glissa à sa place dès qu'elle fut libérée.

— T'as vu comme moi, y avait pas d'écusson sur le pare-brise, souligna Ryan en faisant son créneau.

Benson descendit de voiture et attendit son équipier sur le trottoir.

— Je sais pas à quelle heure on aura fini, dit Ryan en le rejoignant, mais ce qui est sûr, c'est qu'on se cherchera un resto pour casser une croûte ! C'est vrai, quoi ! J'ai jamais vu un mec pareil : tu bouffes jamais ou quoi ?

Toujours blaguant, les deux inspecteurs prirent l'ascenseur jusqu'au cinquième. Ils formulèrent leur demande et montrèrent leurs insignes. Une dame leur dit de la suivre dans un couloir qui les mena dans une grande pièce presque vide. Il n'y avait là que deux employées, une dactylo embusquée derrière une énorme machine à écrire antédiluvienne et une grande blonde installée à un vieux bureau tout pourri et couvert de papiers. Les deux femmes levèrent le nez à l'entrée du trio. La grande blonde vint à leur rencontre avant qu'ils fussent passés de son côté du comptoir qui divisait la pièce.

— Si vous voulez bien patienter un moment, je vais vous chercher le dossier aux sommiers, leur dit-elle.

Les deux inspecteurs haussèrent les épaules et poireautèrent sagement jusqu'à ce qu'elle revînt chargée de trois épais dossiers.

— Bon, je vous laisse, les gars, vous êtes en de bonnes mains, dit la forte femme qui leur avait servi de guide.

Les deux flics ne levèrent pas le nez des photos qu'ils s'étaient mis à étudier sur le comptoir. La blonde posa le troisième registre à côté d'eux et retourna à son bureau.

Ils passèrent l'heure suivante à suer à grosses gouttes sur les registres que la documentaliste continuait à leur apporter sans dissimuler qu'elle commençait à en avoir marre.

Une autre heure s'écoula avant que Ryan ne frappe une photo du doigt :

— J'en jurerais pas, Ben, parce que j'ai vu cet enfoiré que de profil, mais ça pourrait bien être lui. Je reconnais ses putains de double-mentons.

Benson jeta un coup d'œil par-dessus l'épaule de son équipier, puis il le poussa carrément pour mieux voir et se concentra sur le cliché en essayant de se ranimer le souvenir de leur matinée de surveillance devant le club de Kenyatta. Il fut tiré de ses réflexions par la voix criarde de la blonde :

— C'est l'heure de ma pause, je vais déjeuner, annonça-t-elle d'un ton acide. Faudra revenir dans l'après-midi si vous avez pas trouvé votre bonheur. Les sommiers sont fermés pendant l'heure de midi.

Les inspecteurs restèrent plongés dans la contemplation du cliché, indifférents à l'impatience de la harpie qui les attendait en battant la semelle.

— C'est lui ! dit enfin Benson, homme de peu de mots.

Malgré le caractère lapidaire de son affirmation, Ryan n'eut pas l'ombre d'un doute : si Benson disait que c'était bien leur homme, il s'agissait de l'alpaguer sans poser de questions.

Comme la documentaliste s'insinuait entre eux pour refermer le fort registre, Ryan repoussa sa main sans douceur pour lire le nom du gangster.

— Tu crois qu'il nous faut la photo ? demanda-t-il à Benson qui s'éloignait déjà du comptoir.

— Pas la peine, répondit Benson, toujours laconique. On va alpaguer ce gros lard pas plus tard que tout de suite.

— Après bouffer, rectifia Ryan.

11

Le vaste domaine du ranch de Kenyatta n'était jamais si beau que lorsque le soleil se couchait derrière le bois où allaient se perdre les allées cavalières. Les quelques chevaux de la ferme paissaient dans un petit enclos derrière l'énorme grange peinte en blanc où l'on conservait le fourrage et le grain destinés aux bêtes.

De la fenêtre de sa chambre située au premier étage du bâtiment principal, Kenyatta vit des cavaliers sortir du bois et chevaucher vers la grange entre les petites constructions qui entouraient la ferme. Lorsqu'ils se furent un peu rapprochés, Kenyatta reconnut parmi eux Ali, son bras droit, qui chevauchait à bride abattue. Kenyatta ne le portait pas dans son cœur : Ali aimait le luxe et la vie facile, mais il rechignait à payer de sa personne pour les obtenir.

Le leader noir tira la dernière bouffée de sa cigarette et chercha un cendrier autour de lui en songeant à la conversation téléphonique qu'il venait d'avoir : son plan flingues était grillé. Le gros cul-blanc était mort de trouille. Les cartons en série sur les gros bonnets blancs de la came, c'était vraiment trop pour lui. À cette idée, un sourire grimaçant se peignit sur les traits de Kenyatta : qu'est-ce qu'il s'était figuré en touchant son blé ? Qu'ils lui lâchaient la grosse liasse pour des tuyaux dont ils avaient pas l'intention de se servir, comme ça, pour le pied ? De toute façon, là n'était pas la question ; l'important, c'était que ce gros foireux se dégonflait et ne voulait plus leur fournir un seul pétard. Non, mais il rêve, songea Kenyatta. Si ce gros porc se figurait qu'il pouvait se défiler comme ça, il était temps qu'il arrête la bière. Comme si Kenyatta allait laisser Angelo se retirer des bagnoles avec son beau pognon – et tout ce qu'il savait sur eux ! C'était le seul mec à avoir une idée de ce qui se cachait derrière les exécutions. S'il se mettait en tête de les balancer, il n'aurait aucun mal à trouver preneur pour le tuyau.

Betty poussa la porte de la chambre ; elle portait deux verres sur un petit plateau d'argent.

— Tiens chéri, je me suis dit que t'aurais peut-être envie d'un rafraîchissement.

Kenyatta sourit à sa vénus noire en prenant le verre qu'elle lui tendait. Elle avait une allure folle et un port de reine. Sa longue robe de chambre rouge s'ouvrait à chaque pas sur ses splendides jambes noires. Deux grandes boucles d'oreilles africaines luisaient dans sa luxuriante chevelure noire coiffée « afro ».

— Tu vas te pendre au téléphone jusqu'à ce que tu m'aies déniché Creeper. Il faut absolument que je lui parle, ordonna Kenyatta avant de lui tourner le dos.

Il avait trop à faire pour le moment. S'il la contemplait trop longtemps, il ne savait que trop qu'il finirait par tout envoyer promener le temps d'une culbute dans les foins.

La grande Noire avait tout compris :

— Dis donc, mon loup, je pensais que tu pourrais trouver le temps de t'occuper un peu de biner mon jardinet, parce que les mauvaises herbes vont pas tarder à s'y mettre, si ça continue ! dit-elle d'une voix langoureuse qui lui donna le frisson.

— Écoute, ma gosse, tout de suite, y a pas moyen. Il faut

que tu ailles me passer ces coups de fil, répéta-t-il sans se retourner.

Bien qu'elle n'eût pas seulement posé la main sur lui, sa présence dans son dos avait quelque chose de tangible, comme si un extraterrestre lui avait envoyé d'irrésistibles signaux télépathiques. Elle le tenait bel et bien, et il maudissait sa faiblesse. Comment pouvait-il permettre à une femme d'avoir une telle emprise sur lui ? Il lui en voulait du pouvoir qu'elle avait su prendre sur ses émotions, et pourtant il ne l'en aimait que davantage. Mais dans l'immédiat, il avait trop à faire, et il n'était pas question de céder à son emprise magique.

Après un dernier coup d'œil à la nuque roide de son leader charismatique adoré, Betty s'assit sur le lit et prit le téléphone sur ses genoux. Elle ne comprenait pas pourquoi il la traitait parfois en ennemie, se refusant aux joies d'un amour sans entraves. Peut-être craignait-il de dilapider ses forces vives en se soumettant sans réserve au tempérament passionné de sa volcanique compagne.

Betty composa le numéro du Twenty Grand Motel, mais elle se cassa les dents. Elle allait appeler un deuxième établissement, mais elle s'interrompit en réfléchissant à la psychologie de l'homme qu'elle cherchait à joindre. Creeper devait se terrer à l'écart dans un motel peu fréquenté. Après le crime qu'il avait commis, l'homme ne devait pas précisément rechercher le contact. S'il arrive à dormir la nuit, c'est vraiment qu'il n'a pas de cœur, songea-t-elle en se remémorant le bulletin d'information qu'elle avait entendu sur le meurtre des petits enfants. Elle y avait tout de suite reconnu la main de Creeper. En outre, des bribes de conversation entre son mec et le sinistre individu qu'elle avait entendues ne lui laissaient aucun doute à ce sujet. Aucun autre membre de l'organisation n'aurait commis un acte aussi ignoble. Même

Kenyatta en avait été choqué lorsqu'il avait appris les détails. C'était cruel et inutile ; il n'avait jamais été question de s'en prendre aux enfants.

Elle restait indécise, le téléphone sur les genoux, lorsque la lumière se fit dans son esprit : le Kingsmen Motel, un établissement délabré de Grand River Avenue, était assurément la planque idéale. Il figurait d'ailleurs en bonne place dans leur liste de points de chute à utiliser en cas de pétard.

Après avoir obtenu le numéro par les renseignements, Betty appela le motel.

— Allô, modula-t-elle de sa voix chaude, pourriez-vous me dire si M. Marcus Gregory est là ? Je ne connais pas le numéro de sa chambre, mais je sais qu'il est descendu dans votre établissement cette semaine.

Après un court silence, le réceptionniste lui donna une réponse affirmative et la mit en ligne. Une voix râpeuse se fit entendre dans le combiné.

— Un instant, fit Betty en tendant le combiné à son amant, se gardant bien de prononcer le moindre nom dont le réceptionniste pourrait se souvenir par la suite ; c'était déjà assez imprudent d'appeler de la campagne, car l'appel n'en serait que plus facile à localiser, mais Creeper s'y entendait si bien à brouiller les pistes qu'il n'y avait probablement aucun risque.

— C'est pour quoi ? gueula Kenyatta pour que son interlocuteur se fasse connaître selon un code convenu entre eux. Écoute frangin, j'ai quelque chose pour toi, c'est plutôt important ; alors quand tu te casseras de ta turne, tu seras sympa de me rappeler d'une cabine, d'ac ? Si tu pouvais te magner, ce serait pas dommage, parce que c'est important, débita Kenyatta, puis il raccrocha sans s'assurer que son interlocuteur n'était pas largué.

Celui qui était largué, par contre, c'était le réceptionniste qui avait laissé la ligne ouverte comme un gros curieux qu'il était. Il aurait bien aimé en savoir plus sur le drôle de mec de la chambre 12.

Lorsqu'il avait pénétré dans la réception de son étrange démarche de bête fauve, l'employé avait d'abord cru qu'il venait le braquer. Ce client de la 12 lui faisait tout l'effet d'un malfaiteur, mais pour le moment, il fallait bien reconnaître qu'il n'y avait rien à dire : il payait d'avance et ne le gonflait pas en passant des coups de fil débiles à longueur de journée, comme certains. Enfin, c'était comme ça : les flics lui avaient bien dit d'écouter les conversations téléphoniques de tous les individus qui lui paraîtraient louches. Lors de leur dernière descente, ils lui avaient même ordonné d'écouter systématiquement tous les coups de fil des occupants des chambres les plus chères, car aucun Noir honnête ne pouvait avoir les moyens de se les offrir. À une époque, le motel avait servi de plaque tournante à de gros deals de dope, mais les flics avaient fini par les alpaguer et maintenant, le réceptionniste faisait la mouche pour leur compte principalement lorsque les clients se pointaient en grosse limousine noire. Chaque fois qu'il en voyait une remonter l'allée, il en était malade, car il savait bien qu'il n'aurait jamais le pognon de s'en payer une pareille, et il en voulait à mort aux Noirs chevelus qui se les offraient comme si c'étaient des deux-chevaux. Une bonne moitié de ces Nègres ne grattaient pas, il s'en rendait bien compte lorsqu'ils restaient une semaine ou deux et crânaient avec leurs grosses liasses chaque fois qu'ils payaient leurs chambres.

En ce moment même, il y avait deux Cadillacs garées devant le motel, et le propriétaire de l'une des deux était accompagné de deux Blanches, de sorte que le réceptionniste blanc l'avait identifié comme l'un des innombrables maquereaux noirs qui lui faisaient l'honneur de sa clientèle. Tout ce qu'il attendait maintenant, c'était de les serrer avec des michés blancs dans leurs chambres, histoire d'appeler les Mœurs pour faire plonger tout ce joli monde.

Lorsque l'homme qui se faisait appeler Marcus Gregory sortit de sa chambre, le réceptionniste en était encore à se demander si ça valait le jus d'appeler son pote des Mœurs. Après tout, le seul truc pas net, c'était que l'autre lui avait demandé de le rappeler d'une cabine.

Il jeta un coup d'œil par la fenêtre au moment où Creeper passa devant la réception, et ça lui suffit : un Nègre avec une aussi sale gueule avait forcément pas mal de trucs sur la conscience. Sinon, pourquoi est-ce que c'était une bonne femme qui l'avait demandé, avant de passer l'appareil à un type qui s'était contenté de dire à ce cadavre ambulant de le rappeler d'une cabine ? Décidément, il y avait quelque chose de pas net là-dessous, fallait pas le prendre pour un con !

Enfin décidé, le réceptionniste appela la préfecture. Il connaissait le numéro par cœur.

Assis sur son lit, Kenyatta caressait la cuisse de la créature de rêve qui était allongée auprès de lui. Peut-être que je vais y avoir droit, songeait Betty, pleine d'espoir. Son désir pour cet homme semblait inépuisable. Kenyatta était toute sa vie.

La sonnerie du téléphone lui déchira les oreilles.

— Ouais, rugit Kenyatta en saisissant le combiné. Eh, en bas, raccrochez-moi ce téléphone, je le prends ! Alors, Coco, ça y est ? T'es dans une cabine ? Bon, alors écoute frangin, j'ai du boulot pour toi. C'est super important, et y faut que ce soit fait tout de suite. T'as tout ce qu'y faut sur toi ?

Bien que son interlocuteur ne pût pas le voir, Creeper tapota le pistolet qu'il portait à l'aisselle :

— Ouais, frangin, je suis paré.

— Impec. Je veux que tu me dégommes cette grosse salope d'Angelo. Il est descendu au Holliday Inn de Woodward Avenue, à Highland Park, sous le nom d'Angelo Benitta. Tu vois où c'est ? Bon, alors écoute bien, poursuivit-il en évitant toujours de prononcer le nom que l'homme ne devait évidemment guère apprécier : cette sale tête de mort est à la chambre... (Kenyatta tira un bout de papier de sa poche)... À la chambre 204. Bon, là, tout de suite, il doit être plein aux as, mais si tu sens que c'est trop chaud quand tu auras fait ton carton, laisse tomber le pognon et tire-toi ; c'est pas pour le fric qu'on fait ce carton. En tout cas, je veux que ce gros porc soit raide avant demain matin, parce que je sens que ce connard est sur le point de tailler la fuite.

Creeper posa une question que Kenyatta écouta attentivement avant de répondre :

— Mais ouais, tu le connais, frangin, c'est le pédé qui nous vendait les pétards. Eh ben figure-toi qu'il s'est mis en tête de nous laisser tomber à cause des culs-blancs que t'as rectifiés en ville. Ouais, ça lui a tellement foutu les foies que maintenant, y trouve qu'on pue de la gueule. Ouais, ouais, c'est lui qui nous a vendu cette putain de liste, et maintenant y flippe parce qu'on se met au boulot. (Kenyatta écouta un moment la voix rauque de Creeper avant de demander :) Question pognon, ça va, t'as ce qu'y faut ? Bon, avec ça, t'as de quoi voir venir en cas de pétard. Je veux dire, de quoi tenir le choc le temps que je t'en fasse refiler d'autre. À la fois, je te dis, peut-être que tu trouveras tout ce qu'y faut chez Angelo, mais magne-toi, en tout cas, parce que cette tête de mort est sur le point de lever le pied. Ouais, je le sens, et en plus, j'ai l'impression qu'il a bien envie de nous balancer aux Ritals. Ben ouais, évidemment, y-z-aimeraient bien savoir qui c'est qu'a descendu leurs poteaux ; mais on va pas lui laisser le temps de moucher, à cette donneuse, seulement faut s'exciter un peu. C'est pour ça que je te retiens pas. Tu vois le coup qu'il s'arrache pendant qu'on est là à bavasser comme des bignoles !

En entendant la tonalité, Kenyatta sut que son instrument de mort était en marche. Si Angelo n'avait pas déjà taillé la fuite, c'était un homme mort, car Creeper ne manquait jamais son coup. Il aimait trop son boulot pour le saboter. Cette considération rappela à Kenyatta les gamins que Creeper avait rectifiés ; il haussa les épaules. Il n'avait pas prévu ça, sans quoi il aurait donné des directives précises à son homme de main pour que les enfants aient la vie sauve. Ils ne leur avaient rien fait, et ils étaient trop petits pour pouvoir identifier qui que ce soit. Creeper les avait massacrés par pure cruauté, Kenyatta le savait mieux que quiconque.

Il reposa le téléphone sur le lit et se tourna vers sa compagne ; la prenant dans ses bras, il l'embrassa tendrement. Le désir monta en lui, et il la serra plus étroitement tandis que leurs ardeurs s'embrasaient l'une à l'autre. Rien n'existait plus au monde que la femme qu'il tenait dans ses bras. Il ouvrit la robe de chambre sur ses seins fermes aux tétons dressés qu'il embrassa tour à tour en les agaçant doucement du bout de la langue.

La porte s'ouvrit à la volée sur Ali qui se campa sur le seuil pour considérer le couple à demi dévêtu d'un air goguenard.

— On m'a dit que tu étais en conférence, alors je me suis dit que je pourrais peut-être y mettre mon grain de sel.

— Bon, gronda Kenyatta d'un ton rageur, eh ben maintenant que t'as vu que j'étais pas en conférence, qu'est-ce que tu dirais de fermer cette putain de lourde ? C'est pas un peep-show, ici, gros dégeulasse.

— Pardon, escuse, patron, chavais pas, persifla Ali en contrefaisant l'accent des pauvres Nègres du Sud.

En s'asseyant au bord du lit, Kenyatta remarqua la lueur lubrique qui brillait dans les yeux d'Ali. Toujours planté sur le seuil, l'enfoiré se payait tranquillement son jeton de mate. Il n'arrivait pas à détacher les yeux de Betty.

— La lourde, bordel ! Je te le dirai pas trois fois !

— T'excite pas, frangin, garde ton souffle, ricana Ali sans cesser de mater les nichons de la femme du chef.

Lorsque la porte se fut refermée sur lui, les deux tourtereaux n'avaient plus la tête à la bagatelle : le charme était rompu. Assis au bord du lit, Kenyatta se tâtait : descendrait-il éclater la tête à Ali ? La tension ne cessait de monter entre les deux hommes. Le lieutenant de Kenyatta était malade de jalousie, et il avait l'air décidé à faire chier jusqu'au bout.

— Te mets pas dans un état pareil, chéri, fit Betty. Tu sais bien ce qui tourne pas rond chez lui : il peut pas se faire à l'idée que c'est toi qui commandes, voilà tout.

Kenyatta avait toujours envie d'aller lui mettre un tacquet, mais la savante caresse des doigts de Betty sur son dos nu le fit changer d'avis. Il se laissa tomber à la renverse sur le grand lit et s'efforça de faire le vide dans son esprit, mais le rictus goguenard d'Ali continuait à se dresser dans son esprit comme un obstacle à son plaisir. Lentement mais sûrement, Betty poursuivit son ouvrage. Kenyatta sentit son pantalon glisser sur ses hanches, puis son caleçon ; il s'étira de tout son long et s'abandonna aux caresses expertes que lui prodiguait Betty. Fermant les yeux, il sentit une cavité chaude et humide se refermer sur sa verge, puis la langue de son amante se mit à tracer de savants entrelacs sur le frein. La sensation était presque insoutenable, mais elle eut bientôt chassé toute tension de l'esprit de Kenyatta.

12

Le soir tombait, et Angelo s'affairait dans sa chambre d'hôtel. Il lui avait fallu un bon moment pour se décider, mais il savait maintenant sans l'ombre d'un doute qu'il devait changer d'air pour quelque temps. Pourquoi au juste, il n'aurait su le dire, mais l'homme avait l'habitude de se laisser guider par son instinct, et celui-ci lui dictait impérieusement de fuir cette ville. Ça l'avait pris d'un seul coup. Il y avait d'abord ces allumés de Nègres qui ne cessaient de lui trotter dans la tête ; il n'avait pas peur d'eux, pourtant, car il ne voyait pas ce qu'ils auraient pu lui reprocher. Il était resté dans le flou, pour les flingues, avec cet enfoiré de Kenyatta : loin de lui dire carrément que le plan était à l'eau, il lui avait raconté qu'il voulait se tenir à carreau un moment, le temps que ça se tasse. En fait, il savait très bien que pour rien au monde il ne referait du bizness avec lui. Ils étaient vraiment trop attaqués, ces putains de Nègres, avec leur manie de vouloir buter tout le monde. Tout ce qu'ils récolteraient, ce serait un bain de sang. Pour la millième fois, Angelo regretta amèrement d'avoir vendu la liste à Kenyatta. Comment aurait-il pu se douter que ce cinglé avait vraiment l'intention de mettre sa pratique au diapason de ses théories ? Et surtout, qui aurait pu imaginer que ces tocards de Négros pourraient atteindre les types qu'il avait couchés sur la liste ? Surtout les trois dont il avait carrément copié le nom dans le journal, parce qu'on les présentait comme les plus gros bonnets de la mafia ! Il savait parfaitement que ces trois types n'avaient rien à voir avec la came, et maintenant l'un d'eux était mort, simplement parce qu'Angelo avait eu besoin de pognon. S'il avait su, il aurait au moins mis ses créanciers en bonne place sur la liste !

En décrochant les derniers complets de la penderie, il jeta un coup d'œil inquiet vers l'entrée. Mais qu'est-ce que j'ai, ce soir, songea-t-il. Ce n'était pas trop son genre de flipper pour rien. Il jeta un coup d'œil à sa montre : encore deux heures avant le décollage de l'avion pour la Floride ; il avait tout son temps. Sa bagnole de louage était en bas, il ne lui restait plus qu'à mettre ses maigres bagages dans le coffre. Comme le trajet jusqu'à l'aéroport ne durait qu'une vingtaine de minutes, il lui restait une heure et demie à tuer. Il n'allait pas poireauter tout ce temps-là dans la salle d'attente ! Et pourtant, il ne tenait pas en place.

Il alluma la télévision d'un doigt fébrile et se força à s'asseoir pour regarder le bulletin d'informations de six heures. L'hécatombe des gorilles de Kingfisher tenait la vedette du journal ; le reportage plongea Angelo dans la consternation. Il sut immédiatement qui se cachait derrière la fusillade ; l'évocation des mitraillettes ne fit que renforcer sa certitude. Le présentateur brossa ensuite à grands traits le tableau de ce qui était arrivé à la famille du garde du corps de M. Kingfisher, qui était présenté comme un investisseur immobilier terrorisé par une bande de racketteurs sans scrupules.

Angelo proféra un juron et se leva pour faire les cent pas. La description de la mort atroce des enfants du garde du corps le faisait trembler comme une feuille. Lequel de ces enfoirés de Nègres a pu faire un truc pareil, se demanda-t-il, car il connaissait bon nombre des membres de l'organisation de

Kenyatta. Tout à coup, un visage lui revint en mémoire : celui de l'homme qu'on appelait Creeper. Il l'avait vu lors de la dernière livraison d'armes. Un frisson glacial lui parcourut l'échine, et il se dit qu'il serait bien mieux au milieu de la foule de l'aéroport. Là-bas, au moins, il pourrait aller se torcher la gueule au bar.

Comme il avait la bougeotte, Angelo alla poser ses bagages à côté de la porte. En passant dans la salle de bains pour prendre ses affaires de toilette, il se demanda s'il ne pourrait pas bazarder son tuyau aux tauliers de la mafia sans se mouiller directement. Évidemment, s'il allait carrément leur raconter qu'il avait vendu des flingues aux Nègres, ils auraient vite fait de le griller, car ils avaient sûrement compris que quelqu'un avait mis une liste des gros bonnets en circulation, et ils serraient les fesses en priant pour que leur nom ne soit pas dessus. Non, rien à faire, il avait beau retourner l'idée dans tous les sens, ça ne collait pas. Pas moyen de balancer les Nègres; le tuyau était invendable. Les chefs de l'économie parallèle n'étaient pas des demeurés. Ils ne croiraient jamais qu'il n'avait rien à voir avec la liste. À ce moment-là, il pourrait peut-être appeler les flics ? L'idée ne lui déplaisait pas. Angelo avait ouvert la boîte de Pandore; c'était à lui de mettre un terme au carnage qu'il avait déclenché.

Lorsqu'Angelo ressortit de la salle de bains, sa décision était prise. Il décrocha le téléphone et passa son coup de fil. Après avoir demandé la Crim', il débita d'un ton précipité :

— Si vous voulez savoir qui se cache derrière les meurtres, occupez-vous donc des connards qui ont un club dans Clay Street. Leur chef s'appelle Kenyatta. Je suis bien placé pour vous dire que c'est eux les auteurs de la fusillade d'aujourd'hui : je les ai vus mettre les mitraillettes dans leurs bagnoles.

Il raccrocha précipitamment, essuya son front en sueur et

sourit, car il avait le sentiment qu'il n'avait tout de même pas perdu sa journée. Comment est-ce que Kenyatta l'avait appelé, déjà ? Sale mouche ? Eh bien mon vieux Kenyatta, tu peux me traiter de sale mouche à présent, mais j'espère bien que tu vas te faire serrer, et tous tes petits potes avec !

À la préfecture, l'inspecteur Nelson appela son équipier et lui souffla le tuyau dans le creux de l'oreille. Les deux hommes se levèrent et s'éclipsèrent sans traîner. C'était la chance de leur vie.

— Le mec m'a même donné l'adresse. On va pas tarder à en avoir le cœur net. Il dit que c'est là que les sulfateuses sont planquées.

— Tu crois qu'on va pouvoir s'en tirer tout seuls ? On ferait peut-être mieux de demander du renfort !

— T'es pas bien ? explosa Nelson. J'ai pas l'intention de me faire rafler cette affaire. Arrête tes conneries ! On y va tous les deux, et s'il y a du pétard, on appellera une ou deux voitures de ronde en renfort. D'ailleurs, on a qu'à le faire d'office dès qu'on y sera.

Les deux inspecteurs échangèrent un sourire de connivence et se ruèrent dans l'ascenseur. C'était l'occasion ou jamais de s'assurer de l'avancement. Le commissaire y réfléchirait à deux fois avant de les chambrer, après un coup de filet pareil, et il arrêterait peut-être de chouchouter son équipe interraciale.

En sortant de l'ascenseur au sous-sol, ils aperçurent les inspecteurs Andrews et Malloy, des Mœurs, et attendirent qu'ils vinssent à leur rencontre. Steward bascula le bassin en avant et ouvrit sa veste sur les deux gros. 45 qui la déformaient aux aisselles.

— Depuis quand tu bosses avec Buffalo Bill, Nelson ? demanda l'inspecteur Malloy lorsqu'il les eut rejoints.

— Tu connais Steward, répondit Nelson avec un sourire.

Il pense que deux précautions valent mieux qu'une. Moi, je me vois pas trimballer toute cette quincaillerie ! Déjà que je trouve mon. 38 un peu lourd...

— Il est jeune, fit Malloy avec un sourire sans chaleur. Il doit se dire que c'est un bon plan pour emballer les minettes, conclut-il d'un ton lourd de désapprobation.

Steward se contenta de glousser. Il se foutait pas mal des commentaires. Il se plaisait bien, avec sa veste à carreaux blancs et rouges et les deux pétards en dessous.

Malloy reporta son attention sur Nelson :

— J'ai peut-être quelque chose pour toi. C'est une petite piste de rien du tout, mais on ne sait jamais. On a reçu un coup de fil de notre mouchard du Motel de Grand River Avenue qui trouvait un de ses clients un peu bizarre. Je sais pas si ça peut vous aider, remarque, ni même si c'est votre type ; en tout cas, on est passés au motel, on a fouillé la chambre, et je peux te dire qu'y a rien. Mais y avait un truc qui me turlupinait : c'est que j'ai entendu causer du témoignage du livreur de journaux, pour le carnage de Conant Gardens, tu sais, le gamin qui vous a dit que le mec qu'il a vu sortir de la maison ressemblait au Creeper, enfin comme dans les films d'horreur, quoi ! Eh ben figure-toi que le réceptionniste nous a sorti exactement la même chose. Alors tu vois, en un sens, c'est pas grand-chose, mais c'est tout de même une drôle de coïncidence. On entend pas ce genre de descriptions tous les jours, mais si c'est le même, tu peux déjà te dire qu'il doit vraiment avoir une sale gueule. Enfin, moi, je te dis ça, t'en fais ce que tu veux, mais j'ai cru comprendre que vous cracheriez pas sur une petite piste, ces temps-ci.

— Moi, j'avais pensé causer de ça à Ryan, intervint Andrews, l'équipier de Malloy. Comme il est du genre à rien laisser passer, je me disais que c'était plutôt un tuyau pour lui.

— Laisse tomber, Andrews, c'est pas la peine, intervint Steward en cessant de jouer les enseignes de saloon. On s'en occupe, nous, et crois-moi qu'on s'en tirera largement aussi bien que Ryan et son Négro.

Andrews foudroya Steward du regard.

— J'espère que j'ai mal compris, Steward, mais je vais te dire une bonne chose : Benson, que tu traites de Négro, est un inspecteur de première, et tu risques pas d'en rencontrer des masses de sa classe.

Steward renifla avec dédain.

— Tu penses ce que tu veux, Tom, mais je dis pas comme toi. Pour moi, ton Môssieur Benson fait pas vraiment des étincelles. Il a toujours pas résolu l'affaire sur laquelle on se casse tous les dents. Non, il a eu du bol sur un ou deux coups, et maintenant il se laisse vivre. Vous verrez : moi je vous dis que s'il avait pas Ryan, ça fait belle lurette qu'il serait retourné à la circulation, votre bichon.

— Tu fais ce que tu veux, fit Malloy d'une voix glaciale, mais à ta place, j'éviterais de le débiner comme ça devant Ryan, parce qu'il pourrait bien te faire ta fête !

— Et il aurait pas tort, en plus, renchérit Andrews. Combien de fois est-ce que Benson lui a sauvé la vie ? Et Ryan est pas du genre à oublier des trucs comme ça. Tu te rends compte, un mec qui se jette devant toi pour essuyer un pruneau en pleine poitrine à ta place !

— Première nouvelle, intervint Nelson pour tirer son équipier du guêpier où il s'était fourré.

— Eh ouais, ça vous la coupe, mais nous les anciens, tout ça, on le sait, souligna Malloy sans aménité. Vous étiez encore en culottes courtes à l'époque. Et Ryan, il l'oublie pas, tout ça. Son équipier noir, pour lui, c'est un ami ; vous avez intérêt à bien vous fourrer ça dans le crâne, parce qu'il aime pas trop qu'on le débine devant lui, et c'est un grand nerveux.

(Malloy se tourna vers son équipier :) Dis-donc, Tom, maintenant qu'on a refilé à ces petits gars le tuyau qui va faire d'eux des héros, on pourrait peut-être remonter finir notre partie d'échecs.

— C'est ça qu'est chouette, aux Mœurs, ricana Steward. Rien qu'une pute à alpaguer par-ci par-là, et le reste du temps, on se la coule douce !

— C'est ça, mon gars, t'as raison, cracha Malloy. C'est des vacances. Mais si j'étais vous, reprit-il en se tournant vers Nelson, je ferais méchamment gaffe avec ce mec. On revient du motel à l'instant, et apparemment, il va y repasser, mais comme c'est pas de notre ressort, on s'est cassés. En fait, on a pas percuté tout de suite quand le réceptionniste nous a sorti son truc, mais quand ça nous est revenu, on a tout de même poireauté une heure devant le motel ; à la fin, comme le mec se pointait pas, on a laissé tomber en se disant qu'on allait refiler le tuyau à vous autres, dont c'est le boulot. Ça a l'air de rien, mais pas mal d'affaires ont été résolues grâce à des coïncidences du même genre.

— Merci les mecs, c'est sympa, lança Nelson comme les deux inspecteurs se dirigeaient vers l'ascenseur. On va s'en occuper. On sait jamais, c'est peut-être la piste qu'on cherche depuis des semaines.

— Tu parles, cracha Steward avec mépris.

— Tu sais, claironna Malloy assez fort pour être entendu des deux blanc-becs, ce connard de Steward est vraiment une grande gueule. J'aimerais pas être obligé de me le cogner tous les jours comme Nelson. Putain, quelle tache, ce mec !

Nelson dut retenir Steward.

— Laisse dire, vieux. On a mieux à faire que de se biler pour ces vieux croûtons. Allons voir s'il y a moyen de faire avancer notre affaire. Sur deux pistes, il devrait tout de même y en avoir au moins une valable.

— T'as pas tort, convint Steward, mais en revenant, j'aime autant te dire que je vais te le secouer sévère, papy !

13

Creeper était à l'affût à la fenêtre de la chambre qu'il avait prise au Holliday Inn. Elle faisait face à celle d'Angelo. À travers les rideaux entrouverts de la fenêtre d'Angelo, il distinguait les ultimes préparatifs du gros lard. Kenyatta ne s'était pas trompé, songea-t-il en le voyant se préparer à lever le pied. Ce connard est pressé de se casser, mais il ne se doute pas qu'il part pour le grand voyage, médita Creeper en surveillant sa proie. Comment allait-il s'y prendre ? Il n'aimait pas faire de cartons à découvert, mais Angelo avait le feu au train, et il allait peut-être devoir le descendre sur le parking. Tout à coup, l'attention du tueur fut attirée par un mouvement à la limite de son champ visuel : c'était la femme de chambre qui entrait dans une chambre, à quatre numéros de celle d'Angelo. Il eut alors un trait de génie. C'était vraiment du grand art. Il se mit en mouvement avant même d'avoir fini de gamberger. Ça allait marcher, il en était sûr. Creeper descendit l'escalier extérieur quatre à quatre, monta celui du bâtiment d'en face avec la même précipitation et ralentit le pas en s'approchant de la porte ouverte de la chambre où la femme de chambre s'affairait à changer les draps. La forte commère noire lui tournait le dos lorsqu'il se glissa à l'intérieur. Sans doute eut-elle conscience de la présence de l'intrus, car elle était en train de se retourner lorsque le tranchant de la main de Creeper s'abattit sur sa nuque. C'était un coup mortel issu des techniques du karaté, et Creeper savait l'administrer à la perfection; sa prodigieuse efficacité l'émerveillait à chaque fois. Le fait de pouvoir régler son compte à quelqu'un d'un seul coup de sa main ouverte l'emplissait d'orgueil. La mort de la grosse Noire ne signifiait rien pour lui. Tout ce qu'il éprouvait, c'était la fierté que lui inspirait sa parfaite maîtrise de ce coup mortel qu'il devait à l'entraînement prodigué par Kenyatta. En se baissant pour dépouiller la femme de chambre de son trousseau de clés, il examina son boulot avec un hochement de tête approbateur. Cette conne n'avait pas eu le temps de dire ouf. Le souvenir des heures passées à recevoir les enseignements de Kenyatta, puis à exécuter ses ordres, lui arracha un gloussement ravi : ça au moins, c'était un Noir qui assurait.

Creeper trouva rapidement la clé qui portait le numéro de la chambre d'Angelo. Arrivé devant sa porte, il se figea un instant, l'oreille tendue. Pas question de débouler là-dedans pour trouver une pute sur le lit. Il glissa sans bruit la clé dans la serrure, tira son pistolet de son étui et poussa la porte d'un coup d'épaule, pénétrant dans la chambre avant que le gros lard ait eu le temps de se rendre compte qu'il avait de la visite.

Angelo leva les yeux lorsque la porte s'ouvrit. L'irruption subite de cette grande carcasse décharnée au crâne chauve le laissa bouche bée. S'il en jugeait du gros pétard qu'il tenait à la main, il ne pouvait s'agir d'une visite amicale. En fait, Angelo fut à deux doigts de chier dans son froc.

— Qu'est-ce que c'est que ce plan? parvint-il cependant à proférer en tentant de se lever du coin de lit où il était assis. Ses jambes se dérobèrent sous lui et il retomba sur le cul.

— Salut, petit Blanc. Tu te figurais tout de même pas qu'on allait te laisser te casser avec tout ce pognon, au moins ? demanda-t-il en fouillant la pièce de ses petits yeux rouges pour s'assurer qu'ils étaient seuls. Nan, mon vieux, faut pas rêver. Kenyatta m'a dit de venir récupérer la tune. Paraît que t'as marqué n'importe quoi, sur ta putain de liste ! En plus elle sert à rien : tous ceux qui sont dessus claquent comme des mouches ! ricana l'exécuteur. (Creeper se pencha vers Angelo d'un air de confidence :) Eh ouais, vieux, après toutes ces galères, on s'est dit que tu nous avais bien pigeonnés, alors je suis venu t'apporter la note. Rends le pognon, escroc !

Un soulagement insensé envahit Angelo : plaie d'argent n'est pas mortelle. Ça lui faisait mal aux seins de se séparer de son beau pognon, mais il avait plus d'un tour dans son sac ; il arriverait bien à se refaire. Certes, il comptait sur ce fric pour financer son petit voyage, mais il voyait bien à la gueule de son interlocuteur que ce n'était pas le moment de pinailler.

— Bravo, les mecs, commenta-t-il pourtant. Vous êtes pas gênés ! Après tous les pétards que je vous ai refilés, vous avez le front de venir me dépouiller ! Tu pourras dire à Kenyatta que le plan de flingues, après ce coup-là, il peut s'asseoir dessus.

Angelo bavardait pour s'étourdir, pour se convaincre qu'il ne s'agissait que d'une vulgaire dépouille. Il se refusait à envisager le fait qu'il arrivait au bout du rouleau. Pas comme ça. Pas dans une putain de chambre d'hôtel, sous les coups d'un sale Nègre. C'était impossible.

Le trafiquant se leva pour aller vers sa valise.

— Surtout pas de gestes brusques, hein, grinça Creeper en contournant le lit pour s'approcher de lui.

La proximité physique de l'homme glaça Angelo qui se mit à trembler comme une feuille.

— Du calme, quoi, merde ! Je te sors le pognon. C'est pas ça que tu veux ? glapit-il dans un pitoyable simulacre de rébellion.

Il avait tellement la tremblote qu'il tenait à peine sur ses jambes. Il parvint cependant à tirer de la valise une grosse enveloppe brune pleine de fric ; le montant était écrit dessus. D'un geste gauche, il tenta de dissimuler une deuxième enveloppe identique qui se trouvait encore dans la valise.

— Tiens, voilà cinquante sacs. C'est le prix que Kenyatta a payé la liste. Tu lui diras que j'attends un gros arrivage d'artillerie qui va sûrement l'intéresser ; mais s'il veut en voir la couleur, il faudra d'abord qu'il me rende le pognon que t'es en train de me taxer. Je blague pas !

Angelo n'arrivait pas à regarder les choses en face ; il préférait débiter des sornettes qui ne trompaient que lui-même plutôt que d'envisager la triste réalité : il ne sortirait pas vivant de la pièce. Il n'eut même pas le cran de sortir le petit pistolet dissimulé au fond de la valise en prévision de telles circonstances.

— Tu sais, fit Creeper en le considérant d'un œil glacial, à la façon dont t'as sorti l'enveloppe, j'ai eu comme l'impression que c'était pas tout le pognon que t'as ici. Si je me figurais que je t'ai pas tout ratissé, je crois bien que je m'en remettrais pas.

— Mais qu'est-ce que tu me fais ? se rebiffa Angelo. Tu viens récupérer le pognon de la liste ou quoi ? Parce que si c'est pour me braquer, faut le dire carrément !

L'obèse trouvait dans le désespoir des ressources de

courage insoupçonné. L'idée de se retrouver fauché comme les blés lui était intolérable.

— Parce que tu croyais quoi ? dit Creeper en tirant son rasoir de sa poche.

En le voyant marcher sur lui la lame à la main, Angelo dut enfin se rendre à l'évidence : l'homme était bien là pour le liquider. Il s'agissait de gagner du temps.

— Attends, je vais te donner tout le pognon, mais me coupe pas.

Angelo n'était pas un lâche : il avait été élevé à la vieille école du crime, parmi les Ritals les plus mortels de la ville, mais ce Noir tout droit sorti de l'enfer lui avait fait perdre les pédales. Confronté à une mort certaine, il retrouva un peu de son courage d'antan, mais c'était celui d'un rat pris au piège.

— J'en ai dix mille de mieux là-dedans, bluffa-t-il.

— Encore dire bâtons ! s'écria Creeper.

Il n'avait jamais vu une telle somme d'un seul coup, et bien que l'argent n'eût pas grande valeur à ses yeux, il savait sans l'ombre d'un doute que Kenyatta serait aux anges en le voyant revenir avec quinze mille dollars. Ces considérations poussèrent Creeper à commettre la première grosse erreur de sa carrière de flingueur : il détourna les yeux de l'obèse. Angelo sortit la dernière enveloppe de la valise, la jeta sur le lit et se mit à farfouiller dans le fond comme pour en chercher une troisième.

L'enveloppe rebondit sur le lit et tomba sur le sol. Creeper la suivit des yeux et remarqua qu'elle était identique à celle qu'il avait dans la poche. Lorsqu'il la ramassa, il vit qu'elle portait l'inscription « 5000$ ». Un rapide calcul acheva de le persuader que le gros homme cherchait la dernière enveloppe. Il résolut d'attendre qu'il la lui ait remise pour l'égorger.

Il était en train de se redresser lorsqu'Angelo joua son va-tout : le gros homme pivota sur lui-même en brandissant à bout de bras la valise qui vint frapper Creeper en pleine poitrine, puis il braqua son Derringer sur son exécuteur et fit feu.

Le coup de valoche parut faire plus de dégâts que les deux pruneaux de petit calibre que Creeper avait pourtant stoppé en plein buffet. Laissant tomber son rasoir, il leva son. 38 de la main gauche. La détonation de l'automatique « spécial police » résonna dans l'espace confiné de la petite chambre comme un coup de tonnerre. Le premier pruneau cueillit Angelo en pleine poitrine, le projetant contre le mur. L'homme parvint à relever le canon de son arme minuscule au prix d'un effort surhumain, mais il se souvint en appuyant sur la détente que les Derringers n'ont que deux coups; les percuteurs frappèrent les deux chambres vides avec un claquement métallique.

En se détournant de sa victime à l'agonie, Creeper sentit la douleur qui commençait à lui tarauder les tripes. Il crispa la main sur son ventre et se mit en devoir de contourner le lit d'un pas chancelant. Voyant une serviette pliée sur le coin de la table de nuit, il s'en saisit et la glissa sous sa chemise pour ralentir l'hémorragie en égrenant un chapelet de jurons. Il gagna la porte d'un pas trébuchant, l'ouvrit péniblement et quitta la chambre sans lâcher son. 38. Sur la coursive, il dut prendre appui sur la balustrade métallique et vit du coin de l'œil deux types qui grimpaient l'escalier quatre à quatre. Son cerveau l'avertit que c'étaient des flics, et il sentit qu'il ne pourrait jamais les semer. Il braqua son pétard sur le premier inspecteur qui arrivait en haut des marches, mais ne parvint pas à appuyer sur la détente.

— Police ! Lâche ça ! cria l'homme.

Il n'y eut pas d'autre sommation : le second policier, un Noir, leva son flingue et tira. L'impact fit décoller Creeper qui se sentit tomber à la renverse sur le béton de la coursive.

— Putain, Ben, je le voulais vivant !

Creeper eut l'impression que les mots lui parvenaient de très loin. Il fit un dernier effort pour relever son pétard, mais on le désarma d'un coup de pied.

— Ouais, c'est ça, t'étais même prêt à y laisser ta peau, gros malin, aboya Benson en se penchant sur le tueur. On dirait qu'il s'était déjà pris des pruneaux avant que je l'aligne, observa-t-il.

— Y en a un autre là-dedans, fit Ryan après avoir jeté un coup d'œil dans la chambre. Je vais voir s'il est complètement rétamé.

Il vint s'agenouiller près d'Angelo qui hoqueta en crachant le sang :

— Je suis cuit.

— D'où vient le coup, Angelo ? demanda Ryan d'une voix sèche en secouant le mourant sans douceur.

Il dut approcher son oreille des lèvres de l'obèse pour l'entendre proférer :

— C'est cet enfoiré de Kenyatta. Il est complètement cinglé. J'aurais jamais dû lui bazarder cette putain de liste… (il fut interrompu par le sang qui emplit sa bouche.) C'est tout de ma faute… Vendu cette putain de liste…

— Où est-ce qu'on peut le serrer ? C'est où, sa planque, Angelo ?

Ryan crut que sa question resterait sans réponse, mais l'homme parvint à se dresser sur un coude pour éructer :

— Sa ferme… Il a une ferme…, mais il succomba à un dernier hoquet avant d'avoir pu en dire plus.

Un flot de sang noir coula sur son menton. Pas besoin de médecin pour savoir que l'homme avait cessé de vivre. L'inspecteur éprouva le sentiment d'une perte terrible. La mort lui faisait toujours cet effet-là.

14

Les inspecteurs Nelson et Steward avaient décidé de laisser tomber la piste du motel. Après tout, rien ne leur prouvait qu'il s'agissait bien de leur homme. Lorsqu'ils entendirent leur radio crachoter la nouvelle de la fusillade du Holliday Inn, ils décidèrent d'aller prendre le vent. Arrivés sur les lieux, la première chose qu'ils virent fut la voiture de Benson et Ryan.

— Évidemment, ces enfoirés nous ont encore grillés, ragea Nelson en cherchant une place.

S'ils avaient été moins occupés à maudire leurs collègues, les deux inspecteurs auraient peut-être remarqué les deux couples de Noirs bien mis qui se frayaient un passage hors de la foule des badauds qui avaient envahi la cour du motel. Ils avaient pourtant une touche peu banale, car les deux hommes et l'une des femmes avaient la boule à zéro. Leur crâne passé au Tripoli brillait de mille feux sous les néons.

Les quatre individus se précipitèrent vers une voiture stationnée non loin du parking du motel.

— Ces connards sont vraiment sur tous les coups, gronda Steward en descendant de voiture.

Tandis que les deux blanc-becs se mettaient la rate au court-bouillon, les quatre membres de l'organisation de

Kenyatta montèrent en voiture. Il s'agissait de rendre compte au plus vite des événements du motel à leur chef. Leur mission initiale était de s'assurer que ses ordres étaient bien exécutés. Sur les quatre, un seul connaissait la teneur exacte de ces ordres, mais tous s'étaient bien rendus compte que quelque chose avait foiré en découvrant la mort de leur meilleur flingueur, que tous connaissaient parfaitement. Ils étaient restés dans le secteur le temps de se tuyauter sur ce qui s'était passé. Ils savaient que le Blanc et le Noir étaient morts, car ils l'avaient constaté de leurs propres yeux. De sa fenêtre, Eddie-Bee avait vu Creeper se faufiler derrière la femme de chambre. Plus tard, lorsque Creeper était entré chez Angelo, Jug s'était rendu sur place pour ramener la nouvelle – attendue, il est vrai – que la commère était morte.

Jug posa ses grandes lattes sur les pédales de la Chevrolet noire de location et démarra. Eddie-Bee occupait la banquette arrière avec sa poule. Les deux hommes étaient venus en compagnie de leurs copines pour mieux donner le change en prenant la double suite du motel. Pour Eddie-Bee, qui avait largement fait ses preuves lors du braquage de la caisse des tickets-resto, c'était du billard. Des missions comme ça, il en aurait voulu tous les jours.

— Arrête-toi à la première cabine que tu verras, gueula-t-il à Jug.

Celui-ci n'aimait pas qu'on le prenne pour un con :

— Tu sais où tu peux te les mettre, tes conseils? Je suis pas débile.

— Vas-y, frangin, faut pas être susceptible comme ça, fit Eddie-Bee deux tons plus bas, histoire de rectifier le tir. Moi, je disais ça comme ça.

— Y en a une à droite, signala Almeta, la poule de Jug.

Grande comme elle était, avec la boule à zéro comme son

jules, on aurait pu la prendre pour un mec si elle n'avait pas eu de si gros nichons.

Jug se rabattit vivement pour se garer devant la cabine téléphonique. Almeta parvint à descendre de voiture avant Eddie-Bee, mais non sans mal, car ce dernier tentait de rabattre le siège pour sortir le premier.

— Speede pas comme ça, intervint Jug. Qu'est-ce que ça peut foutre que ce soit l'un ou l'autre qui fasse le rapport ? Que ce soit toi ou un autre, tu seras pas plus avancé : on est tous dans la même galère.

Eddie-Bee se carra dans son siège d'un air boudeur. Il aurait bien aimé donner lui-même les nouvelles à Kenyatta, mais Almeta l'avait grillé au poteau.

Après lui avoir jeté un coup d'œil dans le rétroviseur, Jug secoua la tête d'un air dégoûté :

— Comment est-ce que tu fais pour t'envoyer cette tête de con de Nègre, Penny ?

— C'est que les mecs courent pas les rues, Jug, rigola Penny ; alors qu'est-ce que tu veux, faut bien faire avec ce qu'on a !

Quelques minutes plus tard, Almeta remontait en voiture.

— J'ai eu Kenyatta, haleta-t-elle comme si elle venait de taper le cent mètres, mais ça a pas été tout seul : c'est Ali qui a répondu, et figurez-vous que ce connard de Nègre a pas voulu me le passer avant que je lui aie dit de quoi il s'agissait. (Manifestement, elle avait du mal à s'en remettre.) Je sais qu'il aimerait bien prendre la place de Kenyatta, mais s'il y arrivait, faudrait pas qu'il compte sur moi pour rester dans l'organisation. Il est vraiment trop mortel, ce mec. C'est le plus beau, c'est le plus malin... Il se sent plus pisser, si vous voulez mon avis.

— Moi, je le trouve pas mal, comme mec, intervint Penny avec un soupir langoureux.

— Non mais oh, t'es pas bien, coupa Eddie-Bee, furieux.

— Sois pas jaloux, mon trésor, fit Penny en lui caressant la joue. Les autre mecs, je m'en balance, du moment que je t'ai.

— Qu'est-ce qu'y faut pas entendre, fit Jug à mi-voix avant de reprendre : mais Kenyatta, qu'est-ce qu'il a dit ?

— Ah oui... Il veut qu'on rapplique à la ferme illico. Ça l'a surpris que Creeper se soit fait buter, mais pas moi. Je suis bien contente qu'il soit crevé, ce sale assassin, cracha-t-elle sans se rendre compte de la violence de ses paroles. De toute façon, il m'a toujours foutu les foies, avec sa sale gueule ; mais après le coup des gamins, là, j'ai vraiment trouvé qu'un mec comme ça avait pas sa place dans l'organisation.

— Elle a pas tort, renchérit Penny. C'était un vrai cinglé, ce mec. Il était pas obliger de buter la femme de chambre. Et ça, à propos, tu lui as raconté, à Kenyatta ?

— Non, j'ai pas eu le temps. Dès que je lui ai dit que Creeper s'était fait decendre en sortant de la chambre, il m'a demandé s'il avait eu le temps de faire le boulot. Moi je lui ai dit que oui, pas de problème. J'ai vu passer le gros sur une civière les pieds devant. Comme j'ai dit, j'ai pas vu sa gueule, mais d'après la masse, j'ai bien compris que c'était le gros lard. J'aurais pas voulu être à la place des infirmiers.

— On a intérêt à se magner de prendre la voie rapide si on veut arriver vite fait à la ferme, fit Jug en appuyant sur le champignon. Ça va pas tarder à être très chaud pour nous, en ville. On a intérêt à changer d'air.

— Putain, ça caille, remarqua Almeta en remontant sa glace. Mais à la ferme, tu crois qu'on craint rien, Jug ?

— Écoute, de toute façon, on y va. On a déjà réfléchi à tout ça ; si ça devient vraiment trop chaud, même là-bas, y faudra passer à l'exécution du P. D. ; le Plan Décarrade, comme il dit, Kenyatta. On le connaît tous par cœur, alors si on se retrouve coincés, on saura ce qui nous reste à faire.

Ces mots plongèrent les occupants de la voiture dans une méditation silencieuse. Personne n'était très chaud pour exécuter le Plan Décarrade, mais tout était prévu, et chacun devrait remplir son rôle si les choses en arrivaient là.

Tandis que leur voiture quittait la ville à tombeau ouvert, les deux inspecteurs essayaient de reconstituer les faits qui s'étaient déroulés au motel.

Benson pénétra dans la chambre, les poches lestées par les deux enveloppes bourrées de fric qu'il avait trouvées sur le mort. Il se tâtait pour savoir s'il allait en passer une à son équipier.

— T'as réussi à en tirer quelque chose avant qu'il dévisse son billard ? demanda-t-il à Ryan.

Ryan leva vers lui un regard las.

— Je sais pas trop, Ben. Il a bien causé d'une ferme, mais c'est à peu près tout. Et l'autre, est-ce qu'il a jugé bon de prononcer une petite allocution avant d'aller griller en enfer ?

— Si on veut : cet enfoiré a trouvé la force de me cracher à la gueule avant de passer l'arme à gauche, répondit Benson sans détour. Y a pas, c'était vraiment un dur de dur, un saignant.

— Là-dessus, t'as pas tort, mais on dirait qu'il s'est tout de même gouré sur le compte de ce vieil Angelo : le bougre avait plus d'un tour dans son sac, fit Ryan en brandissant le minuscule pétard dont Angelo s'était servi pour assaisonner Creeper en plein bide. Il l'a pas loupé, hein ?

— Ouais, c'est bien ce que je te disais, répondit Benson. C'est pas seulement le pruneau que j'ai tiré qui l'a estourbi. Quand on l'a vu flageoler sur ses guibolles, c'était à cause des deux bastos qu'il avait déjà dans le buffet.

Lorsque les autres flics se mirent à rappliquer dans la chambre, Ryan leur demanda s'ils n'avaient trouvé aucun objet de valeur sur le mort.

— Question de point de vue, dit Benson en haussant les épaules. Viens dans les gogues, ajouta-t-il en désignant la porte de la salle de bains d'un coup de menton. J'ai un truc à te montrer.

Les deux hommes gardèrent le silence jusqu'à ce que la porte se fût refermée sur eux.

— Alors, accouche ! Le gars t'a filé une piste ? demanda Ryan qui était sur des charbons ardents.

— J'appelle pas ça une piste, rétorqua Benson en tirant de sa poche une enveloppe de fric qu'il lança à son équipier. Il avait ça sur lui. Qu'est-ce qu'on en fait : on le claque agréablement, ou on le classe comme pièce à conviction en sachant que ça servira à rien ?

Benson vit son équipier passer par toutes les couleurs du prisme avant de proférer d'une voix étranglée :

— Désolé, Ben, moi je peux pas ; mais toi, qu'est-ce que tu comptes faire ?

Benson tripotait la deuxième liasse dans sa poche d'un geste inconscient. Sa décision était prise : ce coup-ci, il s'en sortirait avec dans la fouille de quoi voir venir si le commissaire finissait par mettre ses menaces de le casser à exécution. Ryan pouvait bien faire ce qu'il voudrait avec la liasse qu'il lui avait filée, mais la sienne allait rester bien au chaud dans sa poche.

— Écoute, Ryan, c'est pas à moi de décider. Si j'avais voulu garder ça pour ma gueule, t'en aurais jamais rien su ; mais je préfère te mettre dans le coup : ça fait un joli paquet de fric, et on prive personne. Si tu veux, on partage. Sinon, verse-le au dossier comme pièce à conviction, mais ne me demande pas ce que j'en pense. Comme ça, si un jour tu t'en mords les doigts, tu ne pourras t'en prendre qu'à toi-même. Décide, et moi je m'alignerai. Inutile de te dire que je cracherais pas sur ce pognon, mais c'est à toi de voir.

— Putain, Ben, pourquoi tu me fais ce coup-là? Je suis pas assez dans la merde avec l'enquête qui n'avance pas, il faut encore que tu me la joues à la tentation?

— On est plus des gamins, Ryan. Personne est à l'abri d'une tuile; avec ça, on aurait au moins de quoi assurer l'avenir de ceux qu'on aime.

— Remarque, c'est pas ça qui ferait de nous des voyous, finit par lâcher Ryan avec un sourire gêné. C'est sans doute le fric que cette pourriture a touché pour faire son carton sur Angelo.

Les deux hommes se dévisagèrent un moment sans mot dire; enfin, Benson rompit le silence :

— Si je comprends bien, t'es d'accord pour qu'on conserve par-devers nous ce modeste pécule?

— Je suis pas encore fixé, Ben, fit Ryan en secouant la tête d'un air indécis. On a qu'à le garder un moment sous le coude, en attendant; qu'est-ce que t'en dis?

Leurs regards se croisèrent et Ryan détourna les yeux, mais pas assez vite pour que Benson n'ait eu le temps d'y lire la convoitise. Ryan avait une folle envie de garder le fric, mais il n'arrivait pas encore à se l'avouer. Ça viendra, songea Benson.

On frappa un grand coup à la porte; les deux inspecteurs se ruèrent hors de la salle de bains pour aller voir de quoi il s'agissait. Quelle ne fut pas leur surprise de voir Nelson et Steward qui essayaient de s'incruster!

— Minute, les mecs, fit Ryan d'un ton sec, j'ai déjà donné des ordres aux gars, c'est pas la peine de vous foutre dans leurs jambes. J'aime pas trop qu'on vienne piétiner mes plates-bandes, alors si vous voulez rester, faites-vous tout petits. Qui c'est qui était là quand il a fallu intercepter le flingueur ? Qui c'est qui l'a mis hors d'état de nuire ? C'est trop facile, aussi, de rappliquer quand y a plus rien à faire !

Pendant ce temps, à la ferme, Kenyatta restait pendu au téléphone. Le moment était venu de sceller le sort de Kingfisher.

— Écoute Jerry, j'ai vraiment fait l'impossible pour éviter d'avoir recours à tes services pour ce carton. Maintenant, tu sais bien que si je t'ai trouvé cette place, c'était en vue d'un plan de ce genre. Eh bien on y est : si tu fais pas sa fête à Kingfisher, cet enfoiré va s'en tirer comme une fleur.

Il y eut un long silence à l'autre bout de la ligne ; Kenyatta crut un instant que Jerry avait raccroché, mais il dit enfin d'une voix sourde :

— Qu'est-ce qu'il faut que je fasse ?

— Ce qu'il faut… ? rugit Kenyatta. Mais le déquiller, ce pourri, lui faire la peau ! Je veux que tu abattes cette ordure comme un chien. Tu sauveras du même coup la vie à des centaines de Noirs. Des centaines, tu piges ! cria Kenyatta au comble de l'exaltation, mais sans préciser que ce serait au sacrifice de sa propre vie.

— Comment je m'y prends ? demanda Jerry.

Kenyatta n'en croyait pas ses oreilles. Jerry avait peut-être envie de se faire téléguider, mais le leader noir savait bien qu'un coup aussi problématique était voué à l'échec si le flingueur ne faisait pas preuve d'initiative.

— Comment ? Mais essaie de gamberger un peu, bordel ! Je t'ai trouvé une place dans son immeuble parce que t'as toujours été un de mes meilleurs gars et que je sais que t'es entièrement dévoué à la cause. Tu te souviens de ta petite sœur qu'est morte à cause de la came ? (Cette seule mention aurait suffi à galvaniser Jerry, mais Kenyatta enfonça le clou :) Eh bien je pourrais presque te prouver que la merde qui l'a laissée sur le carreau venait de Kingfisher ! Mais bon, c'est pas la question. Tu te la sens ou tu te la sens pas. Si oui, c'est pas dur : le prochain coup que Kingfisher passe dans le hall, tu fonces aussi près que possible et tu ouvres le feu avec le. 38 que je t'ai filé. Bon tireur comme t'es, tu vas certainement lui niquer la gueule du premier coup, mais essaie tout de même de lui en lâcher au moins deux, par sécurité. Pigé, Jerry ? Le prochain coup qu'il passe dans le hall, tu fais ton carton !

Il y eut encore un long silence avant que l'homme ne réponde :

— Pigé, Kenyatta. C'est pour ça que j'ai été entraîné, et je suis prêt à y aller. Je suis pas plus dégonflé qu'un autre.

— Bon, fit Kenyatta. Et surtout le loupe pas. N'oublie pas : tu lui en colles deux dans le cul, à ce deal de merde. Deux, tu m'entends ? Une pour ta sœur, et une pour tous les gamins des quartiers qui sont morts à cause de sa merde. Bon, dès que tu raccroches, tu vas chercher ton pétard. Ça urge. Il faut que ce pourri soit ratiboisé avant le prochain arrivage de came. On peut pas empêcher la dope d'arriver, mais si on descend Kingfisher, y pourra plus inonder nos quartiers avec cette saloperie !

Après avoir raccroché, Jerry se mit en marche comme un automate. Il alla d'abord au vestiaire des employés et ouvrit son casier d'où il tira son uniforme et un. 38 automatique flambant neuf. L'arme bien briquée brillait de mille feux ; elle n'avait jamais servi. Il prit six balles dans une boîte pleine et referma son casier, puis il posa le pistolet et les munitions sur le banc où s'asseyaient les domestiques pour se changer.

Lorsqu'il eut revêtu son uniforme de chasseur, Jerry se demanda où il pourrait dissimuler son pétard : s'il le passait à sa ceinture, la bosse qu'il ferait sous sa veste serait trop voyante. L'idéal aurait été de le porter sous l'aisselle, mais il n'avait pas d'étui. Il resta une bonne dizaine de minutes prostré sur son banc, retournant le problème en tous sens.

Enfin il se leva, glissa le pistolet dans sa ceinture au creux de ses reins et fit retomber sa veste d'uniforme par-dessus. L'arme était presque indécelable; il n'aurait qu'à éviter de tourner le dos aux gens. Jerry était fin prêt. Pas un instant, il ne fut tenté de se dégonfler. Il allait accomplir sa mission en ce bas monde. C'est d'un pas rapide et ferme qu'il remonta la volée de marches qui menait dans le hall de l'immeuble.

L'occasion se présenta plus tôt qu'il n'eût pu l'espérer. Une demi-heure après que Jerry eût pris sa faction dans le hall, l'ascenseur privé qui desservait l'appartement de Kingfisher se mit à descendre. Jerry suivit sa progression sur le cadran lumineux.

Dans l'ascenseur, Kingfisher avait le sourire. Il venait de suivre les informations à la télé, et il avait vu évacuer le corps du flingueur. L'obèse qui avait été descendu ne lui était pas inconnu : il venait de passer un coup de fil aux gros bonnets de la ville pour leur faire part de ses soupçons sur les trafiquants qui pourvoyaient le ghetto en armes à feu, et le nom d'Angelo avait été prononcé. Les huiles avaient tout de suite compris la pertinence du raisonnement de Kingfisher : le pourvoyeur des activistes et la mouche qui leur avait fourni les noms des rois de la came pourraient bien n'être qu'une seule et même personne.

Maintenant que le trafiquant d'armes était mort, ses clients ne tarderaient pas à chercher un autre plan, et on les attendait au tournant. Ça s'arrose, avait décrété Kingfisher, et il emmenait tout son petit monde faire la nouba dans sa maison de campagne.

Même Vickie – qui faisait pourtant la gueule depuis des mois – s'était déridée pour l'occasion, minaudant pendant des heures pour choisir une robe : mettrait-elle la dorée, la bleue, ou bien celle qui allait si bien avec le rang de perles que Kingfisher lui avait offert ? Elle s'était finalement décidée pour la robe dorée, qui révélait de plus larges pans de sa charmante anatomie, et elle s'était maquilée avec art. Ça faisait si longtemps que le King ne l'avait pas sortie ! Elle l'entendait chanter à pleins poumons dans la chambre. Ce qu'on allait s'amuser ! Ils avaient vécu trop longtemps dans la crainte, au point qu'elle avait parfois songé à fourrer les luxueux cadeaux de Kingfisher dans un sac et à se faire la malle. Le bulletin d'informations avait balayé tout ça : le cauchemar était terminé, et tout le monde avait le moral.

— On est partis, avait lancé Kingfisher d'un ton joyeux.

Ça faisait un bon moment que personne ne l'avait vu de si bonne humeur. Vickie s'était précipitée hors de la chambre pour rejoindre les autres. Un des gardes du corps avait déverrouillé la porte de l'ascenseur avec la clé qui ne le quittait jamais. La joyeuse troupe s'y était engouffrée : outre le couple, il y avait trois gardes du corps, deux fois moins que dans les jours d'angoisse qui avaient précédé.

Les gorilles sortirent en éclaireur dès que l'ascenseur se fut immobilisé au rez-de-chaussée. Ils ne virent rien d'anormal dans le hall : le chasseur qui se tenait près de la porte faisait partie des meubles. Lorsqu'il sortit de l'ascenseur, souriant de toutes ses dents, Kingfisher vit le jeune chasseur courir vers lui, puis il n'y eut plus que l'œil noir du. 38 qui le fixait de son regard froid. Son cœur se glaça dans sa poitrine, mais le cri d'alarme qu'il lança alerta trop tard ses gardes du corps. Il tenta de se protéger derrière Vickie qui poussa un hurlement en comprenant qu'il voulait la prendre pour bouclier. Mais le jeune flingueur ne supportait pas la contradiction : il poussa son arme dans la figure du roi de la came et appuya sur la détente. La détonation assourdissante qui résonna dans le hall fut immédiatement suivie de plusieurs autres, et le jeune justicier s'effondra comme une masse.

Kingfisher avait glissé le long du mur comme une poupée de chiffon ; atteint de deux balles dans la tête, il avait cessé de vivre avant de toucher l'épaisse moquette du hall. Quant au chasseur, tous ses organes vitaux avaient été touchés ; les gorilles du roi de la came avaient été pris au dépourvu, mais ils n'étaient pas manchots.

Lorsque les flics quittèrent le club de Kenyatta pour se diriger vers la ferme, les membres de l'organisation qui avaient le plus de raisons de les redouter étaient déjà prêts à la fuite. Le leader noir avait été immédiatement prévenu de la descente dans son local du quartier Nord. Les militants pris dans le coup de filet n'avaient pas tardé à révéler l'emplacement de sa retraite campagnarde, mais Kenyatta n'avait pas escompté qu'il en serait autrement.

Il se mit donc en route avec le dernier carré de ses fidèles camarades : Jug et Almeta, Eddie-Bee et sa poule, Red et Arlène.

Quant à Kenyatta et Betty, qui partageaient leur voiture avec Zeke et sa reine de Saba, ils ne s'embarquaient pas sans biscuits : la mallette de cuir noir posée entre eux sur la banquette contenait plus de trente mille dollars. Hommes et femmes, tous les membres du convoi étaient armés jusqu'aux dents.

Les autres habitants de la ferme les regardèrent quitter la cour de ferme sans savoir quand ils reverraient leur chef. Ali se grattait le menton sur le seuil. Tout ce qu'il voyait, c'est qu'on lui laissait la régence du royaume, mais il ne pouvait se défendre d'une vague inquiétude – bien qu'il ignorât que son règne ne devait durer que quelques heures.

En effet, on ne lui avait pas tout dit : il ignorait tout de la descente au club et ne se doutait pas qu'une armée de flics se préparait à lui tomber sur le râble.

Arrivés à l'aéroport, Kenyatta et sa bande laissèrent les bagnoles en stationnement interdit : ils savaient qu'ils ne reviendraient pas sur leurs pas. Il s'agissait de tailler la fuite. Le Plan Décarrade était d'une conception irréprochable, il ne restait plus qu'à le mettre en application.

Tous s'engouffrèrent dans l'aéroport à la suite de Kenyatta. En dépassant les guichets, il se tourna vers ses camarades avec un sourire mutin :

— On va pas claquer notre beau pognon aussi bêtement, tout de même ! ricana-t-il en brandissant sa lourde mallette.

Les femmes portaient chacune une grosse sacoche. Chaque couple était muni d'un peu de fric pour voir venir s'ils venaient à être séparés du groupe, mais c'était Kenyatta le trésorier principal.

Ils attendirent une dizaine de minutes que les voyageurs commencent à monter à bord d'un vol sans escale pour la Californie, puis Kenyatta ouvrit la marche en direction de la rampe d'accès à l'appareil. L'aéroport était agencé de telle façon que les voyageurs ne passaient sous le portique de détection qu'à l'entrée de la rampe d'accès. Là, quelques vigiles s'emmerdaient ferme en attendant qu'un gros trousseau de clés ou une collection de monnaies anciennes déclenche la sonnerie du détecteur de métaux.

L'arrivée du petit groupe n'éveilla pas leur méfiance, car les révolutionnaires étaient bien mis et souriants. Ils poussèrent jusqu'à l'ouverture de la rampe d'accès avant d'ouvrir le bal : Kenyatta brandit alors un automatique avec lequel il tint les vigiles en respect tandis que ses compagnons se massaient derrière lui. D'un geste impérieux, il fit signe à Red de s'engouffrer dans la rampe d'accès.

Le spectacle d'une bande de Nègres en train de prendre

l'avion d'assaut ne pouvait manquer de susciter des réactions dans les rangs des vigiles : l'un d'eux tenta d'intercepter Red tandis qu'un autre reculait d'un pas en tirant son arme de l'étui. Mal leur en prit. Le premier reçut en pleine face une balle tirée par Red et s'écroula sur le sol. Quant au second, la poule de Red qui le suivait de près le dégomma d'un tir de la hanche qui le prit au dépourvu. La première balle l'atteignit en pleine poitrine, et la seconde lui emporta la moitié du crâne. Sans s'attarder davantage, le couple se précipita vers la porte de l'appareil.

— Tenez-vous peinards et y aura pas de bobo, gueula Kenyatta.

Au même instant, un vigile qui se trouvait à la limite de son champ visuel fit sa tentative. Il n'avait pas plus tôt posé la main sur son arme que Betty contourna son mec, braqua sur lui le canon scié qu'elle avait dans son sac et fit partir les deux coups à la fois. L'observation des effets d'un coup de fusil à canon scié tiré à bout portant refroidit considérablement les autres vigiles : manifestement, ces gens-là ne blaguaient pas. Kenyatta les tint en respect en se faisant un bouclier de l'hôtesse d'accueil et fit signe aux autres de rejoindre Red qui braquait un steward à deux doigts de tomber dans les pommes.

— Tenez-vous à carreau, bandes de têtes de mort, ou on bute tous les culs-blancs qui sont dans l'avion, lança Kenyatta d'une voix terrible.

Les vigiles ne se faisaient aucune illusion : le grand Noir n'hésiterait pas à exécuter la jeune Blanche qu'il maintenait devant lui d'une poigne de fer. Ils le laissèrent gravir la rampe d'accès à reculons sans lever leurs armes.

Eddie-Bee l'attendait à la porte de l'avion, deux. 38 pointés sur les vigiles qui se tenaient au bas de la rampe d'accès.

— C'est bien, vous êtes des bons gars ! leur lança Kenyatta

en disparaissant dans l'avion avec Eddie-Bee et son otage. Continuez comme ça, et peut-être qu'on descendra pas de passagers !

Ces derniers n'en menaient pas large, mais ces vociférations mirent un comble à leur effroi.

Les autres membres du groupe avaient déjà pris le contrôle de l'appareil. Le pilote qui avait parfaitement compris qu'il s'agissait d'un détournement prit contact avec la tour de contrôle.

— Pliez-vous à toutes leurs exigences ! crachota la radio. Ce sont de dangereux meurtriers qui ont déjà abattu quatre personnes dans l'aéroport, alors évitez de les contrarier.

Le copilote échangea un long regard d'angoisse avec le commandant de bord, mais leur dialogue de carmélites fut interrompu par l'irruption de Zeke dans le cockpit. Il braqua son pétard sur la nuque du copilote :

— Faites pas les cons, ça vaudra mieux pour vous, aboya-t-il.

— Où on va ? demanda le commandant de bord qui avait pigé qu'il n'avait pas à faire à des rigolos.

— Je te le dirai quand on aura décollé, répliqua Zeke ; puis, avec un sourire rêveur, il ajouta comme pour lui-même : en tout les cas, je peux te dire qu'on va dans un bled où y aura pas de tauliers blancs. Ça, tu peux en être certain !

FIN

DU MÊME AUTEUR

Aux Éditions Gallimard

Dans la Collection Série Noire

TRUANDS AND CO. *n° 2336*

Dans La Noire

NE MOURREZ JAMAIS SEULS

Cet ouvrage a été composé
par Infoprint.
Reproduit et achevé d'imprimer sur Roto-Page
par l'Imprimerie Floch à Mayenne
le 24 octobre 1994.
Dépôt légal : octobre 1994.
Numéro d'imprimeur : 36639.

ISBN 2-07-049421-7 / Imprimé en France.

67563